前情提要

群魔亂舞的時代，醫療秩序崩解，「希望計畫」在此時風起雲湧，應運而生。這是由一群醫術高超、正義感強烈的俠醫所成立的神祕組織，名為「Hospital Organized by Pioneers and Elites」（H.O.P.E.），是專門處理各種極機密的特殊病患與疑難雜症的祕密醫院。

平時，他們分散在各級醫院默默服務民眾，是各醫療領域的高手。但在接獲任務召集之時，便會穿過信義威秀九號影廳與臺北市政府的神祕通道，進入位在地底的H.O.P.E.中心，化身為「希望計畫」的藍衣武士。在這神祕的醫院裡，執行著各種驚心動魄的任務，一次又一次在生死邊緣挽救生命。

他們，就是這片混亂世界中，沉默的希望……

主要人物

Dr. J／陸辰杰

頂尖外傷手術專家，曾在國內最高層級之醫學中心——中央醫院服務。然而在經歷一場醫療糾紛後被迫離職，轉型為基層醫療的開業醫師。憑藉高超的手術技巧與堅定的正義感，令他成為H.O.P.E.團隊的靈魂人物，代號Dr. J，即為正義(Justice)的象徵，每一次他持手術刀拯救生命，都是向世人展示正義真諦的最佳證明。

Dr. S／方璇

放射科醫師，外表溫和，內心卻堅毅如鋼。專長為使用血管攝影技術，進行深層止血，補足外科手術無法治療的極限。她與Dr. J合作無間的「零時差腹腔手術與血管攝影同步止血」，就如武俠片中的雙劍合璧般，使無數因失血瀕臨死亡的病患得以獲得重生機會。在現實生活中，她是陸辰杰的妻子，在H.O.P.E.團隊裡則是Dr.J的最佳搭檔，代號Dr.S，代表救贖（Salvage），象徵她在救治病患的過程中，為生命帶來新生與希望。

Dr.C／孫嘉哲

麻醉科醫師與重症加護專家，曾是陸辰杰的學長與中央醫院時期的前輩，然而在一場嚴重車禍後，下肢遭受重創導致癱瘓，自此在醫界銷聲匿跡。幾年後再度現身，領導著自己一手創建的H.O.P.E.反恐戰術醫院。代號Dr.C，也就是指揮官（Commander），運籌惟幄、決勝千里。

周雪蓉

報社記者。嫉惡如仇，為了伸張社會正義，即使危及自己的性命也在所不惜，曾以獨家報導揭發一個富可敵國的財團弊案，終使其垮臺，也令自己贏得「打倒巨人的大衛王」美名。她也一心想挖掘H.O.P.E.的祕密，與Dr.J的真實身分。

楔子

「長官，抱歉臨時打擾，但有件事非同小可，必須謹慎處理，而且事涉國家安全層級。」

「什麼事？」

「今早我們收到一封匿名信，裡頭鉅細靡遺地記錄了現任副總統的健康狀況，包括目前是胃癌第三期，以及接受手術與化學治療的詳細日期與次數。這麼詳細且真實的資料，一定是知曉內情的人提供，跟八卦媒體捕風捉影的小道消息完全不一樣。」

「對方有提出什麼要求嗎？」

「明年是總統大選年，在目前可能的候選人中，民調最高的就是現任副總統。匿名信上說，若是由副總統代表執政黨出馬參選，就要公布這份資料，揭露候選人預期壽命不長的事實，那勢必會影響選民的投票意向。」

「這跟之前的官員謀殺案有關嗎？」

「無法確定，目前雖然只是一封無法追蹤來源的匿名信，但對方究竟掌握多少資訊不得而知，背後主使者與目的也不明，影響選舉事小，若被有心人取得這些資料，恐怕將動搖國本。」

「好吧！儘速查明。」

結束了線上通話，他低頭掩面沉思，自言自語地說：「連醫療體系都被滲透，這個國家還有希望嗎……」

ξ

「周小姐，先不要用力，妳才剛開完刀。」護理師對漸漸從麻醉中恢復的病患說道。

「開刀？不會吧！又來了……」周雪蓉自昏迷中醒來，傷口的劇痛將她拉回現實，她最後的印象是在自家樓梯口……這類似的經驗，幾年前也有過一次。

「雪蓉，妳醒了！痛不痛？我幫妳打一支止痛針會舒服一些。」一個年輕醫師聽到聲音，趕緊過來握住她的手，口罩下露出焦急的眼神。

「怎麼是你？Dr. J呢？還有妳，不是應該穿藍制服嗎？怎麼沒戴面罩，身分不是應該保密嗎？」她環顧四周，發現自己身在一家很普通的醫院，和想像得不一樣，她對眼前的醫師與護理師充滿疑惑。

「我不知道您在說什麼，有時候麻醉剛結束，會有一些幻覺，再請您休息一下。」

護理師又在點滴裡加了幾滴藥，周雪蓉覺得眼皮越來越重，再度沉沉睡去。

1

「血壓還是不穩定！我要再輸血四個單位。給我止血紗布！快！」

一個隱密卻開闊的空間裡，放眼望去，正中央有四張手術檯，四周擺滿各種高階醫療設備，包括可動式電腦斷層、血管攝影裝備、體外循環機，不遠的牆上是電子藥櫃與獨立血庫，全都是國家級醫學中心才會有的精密儀器與維生設備。其中一張手術檯正亮著聚光燈，上頭躺著的病患正在接受手術，一個蒙面的藍衣男子快速地變換著手上的手術器械，一手用力壓住持續出血的肝臟，另一手將止血紗布一片片塞入腹腔，從他專注的神情來看，手術相當困難且複雜。

「傷患是大範圍肝臟撕裂傷合併右肝動脈破裂，由於出血點的位置太深，從肝臟外部沒辦法有效控制出血，只能先暫時壓住，我需要血管攝影輔助，從肝臟內部止血，Dr. S，妳準備好了嗎？」

藍衣男子走下手術檯，換上另一個蒙面女子，只是她沒有穿手術服。女子點了點頭，啟動待命中的血管攝影裝備。

血管攝影顯示怒張的右肝動脈持續出血，正在一點一滴侵蝕著治療中的病患生命，當蒙面女子精準地將動脈導管指向出血處，用止血凝膠將血管斷裂面封住的瞬間，兩人同時發出歡呼，男子甚至握拳大喊：「Yes！」

不需要言語或眼神溝通，兩人對專業判斷的一致性與工作默契，絕對不是一朝一夕培養得出來。

「Dr. C，肝臟出血已經獲得控制，不過傷患的生理機能還需要後續的重症加護，拜託你了！」蒙面男子望向一旁坐在電動輪椅上，從頭到尾目不轉睛地盯著手術檯的中年人。

「還好有兩位的協助，『零時差腹腔手術與血管攝影同步止血』需要的不只是Hybrid OR高階硬體設備，能同時聯手出擊的外科醫師與放射科醫師才是成功關鍵。Dr. J與Dr. S，你們兩位的默契與專業無人能出其右，副市長這條命，是你們救的。」Dr. C操作著電動輪椅，指示其他工作人員將工作區的手術設備撤下，將各種重症加護裝備與監控儀器接上，手術室立刻就變成加護病房。

「兩位請先稍事休息，市長與警察局長正在趕來的路上，其他的待會任務彙報時再談。」

H.O.P.E.中心的六角形會議桌，五位核心人物全員到齊。在Dr. C報告完傷患目前狀況與後續照護計畫後，警察局長羅志豪開始說明案發經過。

「稍早副市長的座車翻覆，由於肇事原因不明，加上傷勢嚴重，才會啟動H.O.P.E.中心，請幾位過來幫忙。」

「局長千萬別這麼說，這是我們的責任。」負責手術的男子揮揮手，左手的臂章「J」閃閃發亮。

「所幸經過調查，只是單純的交通事故，是副市長的司機疲勞駕駛才肇禍，沒有其他可疑的線索，和先前宇海集團惡勢力介入的情況無關。」

「等副市長脫離危險期，就會轉到市立醫院體系進行後續照護，各位今天的工作內容不存在於任何檔案紀錄裡。」市長謝文華照例在會議結束前，重申H.O.P.E.中心的保密條件，然而講到這，他突然頓了一頓：「這段時間感謝各位俠醫，支撐起這座城市醫療體系崩解後的運作，不過宇海集團如今已經瓦解，醫療體系也逐漸回復正常，再加上本人的任期將在明年初結束，新選出的市長對『希望計畫』的存廢意向仍不明朗……今天的任務，應該是H.O.P.E.中心最後一次啟動，接下來就要功成身退。雖然有萬分的不捨，但天下沒有不散的筵席，過去已經打擾各位太多，今後也終於可以回歸正常生活。」

語畢，市長起身向大家鞠了一躬，然而所有人卻都靜默不語。雖說太平盛世的到來令人開心，但對於縱橫沙場的戰士來說，失去戰場就等於失去舞臺，空有一身武藝卻無法發揮。

過往每次任務結束時，大夥總沉浸在救死扶傷的成就感與使命感之中，在道別聲中期待下次的併肩作戰，今天的氣氛則異常低迷。

「你們先走吧，這邊我來善後。」Dr. C面無表情地催促Dr. J和Dr. S離開，自顧自地開始檢查起各項儀器與線路。「以前每次都是你們走了後，我把各類藥品耗材補足與儀器校正，替下一次任務做好準備，沒有人比我更清楚這裡的設備，我也不放心讓其他人來弄。這麼多年來，H.O.P.E.中心就像是我的第二個家，突然說關就關，還真有點捨不得。」Dr. C神情落寞地環顧著他一手打造的基地，回憶起當初的一切。

孫嘉哲同時具有麻醉專科與重症加護專科醫師的資格，原本是中央醫院的加護病房主任，結果六年前在一場車禍中失去雙腿，也失去在重症加護領域大展身手的機會。原以為灰心喪志之時，市長謝文華透過關係找上他，請他打造出一家足以與惡勢力抗衡的反恐戰術醫院，讓他得到絕處逢生的機會。在接下來的幾年，孫嘉哲的全副心神都放在H.O.P.E.中心，他自己也是第一位成員與指揮官，代號Dr. C。

在H.O.P.E.中心裡，多半時間Dr. C都戴著面罩與護目鏡，他深諳重症醫療的複雜與瞬息萬變，雙眼總是緊盯病患與儀器，不遺漏任何細節，在他深邃的眼眸中，彷彿有無窮的智慧與經驗，能夠洞悉一切，也似乎總有旁人看不穿的祕密，即便Dr. J與Dr. S和他是舊識，也常搞不清楚他腦子裡在想什麼。

然而此時，他的眼神卻不若以往銳利，H.O.P.E.中心的結束，帶給他的打擊與失落遠大於其他人，他沮喪地脫下面罩與手術帽，大家才看清楚他滿頭的白髮與臉上茂密的鬍子，時間早已在他臉上留下深刻的痕跡。

「學長，您接下來有什麼打算？」見孫嘉哲遲遲沒有回神，換回便服的陸辰杰忍不住關心他。

「走一步算一步吧！有一技之長，不怕沒飯吃，要是我真的走投無路，就去你的診所上班，到時候可別嫌我是累贅喔！」孫嘉哲勉強擠出一個笑容，自我解嘲了一番。

「雖然我常說『遇到我通常沒好事』，不過倒是很歡迎您有空時來找我跟小璇聚聚。」

「時候不早了，你們快回去吧，十二點一過，H.O.P.E.中心與威秀影廳的通道就會封閉，你們在這裡的資料檔案也會永遠封存與保密。」

就如同灰姑娘的南瓜馬車般，連通道的閘門與燈光在午夜過後開始關閉，方璇拽著陸辰杰的衣角，在昏暗的通道往前走，她想起初入H.O.P.E.中心時的震撼與驚訝，原以為自己的人生只剩下柴米油鹽的家庭主婦生活，沒想到「希望計畫」卻讓她成為Dr. S，在H.O.P.E.中心重拾專長，用多年來苦練的血管攝影技術，協助Dr. J完成複雜傷患的止血手術。雖然是無名英雄，卻是精采的第二人生。

「這一切好像作夢一般！」想起這段時間以來的經歷，方璇不禁感嘆。

走出九號影廳，陸辰杰回頭看了看夜色中的威秀影城，腦海中浮現曾在裡頭拚命與死神作戰的險象環生，將許多一般醫療體系束手無策的傷患治好，即便是惡貫滿盈的邱世郎，也在他的妙手下救回一命。

陸辰杰輕輕嘆了一口氣，在H. O. P. E.中心，他是一夫當關萬夫莫敵的Dr. J，回到現實世界，他又變回凡人，一個診所的小醫師。

2

仁愛路與延吉街口的巷子裡，有家診所的病人始終絡驛不絕，網路預約掛號早已爆滿，現場排隊也得兩、三個小時才輪得到，但附近民眾絲毫沒有怨言，甚至對診所裡這位親切又專業的陸醫師讚不絕口。

「自從老板專心經營診所後，生意整個好起來了呢！真希望我們的薪水跟年終獎金也能跟著提高。」

「想得美喔！診所的事向來是老板娘說了算。你不記得診所剛開的時候，老板三天兩頭不在，而且常常接了電話就突然消失，放著一堆掛號待診的病人不看，害我們還得一直向病患賠罪。有幾次老板娘打來診所查勤，發現陸醫師跟本沒有在看診，我都不知道該怎麼回話！我看，一定是老板娘發現了什麼，陸醫師現在才這麼安分，不敢再蹺班，只要好好經營，病人自然會上門啊！」

「妳說得也沒錯，這陣子確實好多了，不會一天到晚突然搞失蹤。只是他人雖然在診所，還是常常心不在焉。妳有沒有注意到，就算看診再忙、病人再多，他的手機也絕不離身，而且一有簡訊音，他一定立刻把手機拿起來看，我敢說，他一定是在等誰的訊息。」

「妳真是有夠無聊耶，上班不好好上，沒事觀察老板幹什麼？」

「我觀察他很久了，這種情形三年前非常頻繁，直到今年才慢慢沒那麼嚴重。」

負責掛號的兩位護理師一邊碎嘴著過去這段時間陸辰杰的改變，手上仍忙著替大排長龍的民眾掛號。

下午的門診總算快要結束，陸辰杰喘了口氣，打算把最後幾位病患的看診給結束。他今天和方璇約好，要帶她去一家網路上有名的餐廳。

這時，診間的電話響起，是掛號櫃臺的人員打進來的：「陸醫師，有一位您的老病人想要臨時加號，我已經告知病患掛號時間已過，不過她還是想請我問您是否可以通融。」

「老病人？好吧！今天最後一位了。」

等待最後一位病患進診間前，陸辰杰滑起手機，下意識地檢查簡訊收件匣，但又馬上回神，嘆口氣後把手機放下，眼神中閃過一絲失落。

「嗨！好久不見。」一個身著白襯衫黑短裙、留著俐落短髮的女子走進診間，從她打招呼的熱情程度，一點也不像病人來看醫生。

陸辰杰見到來人，立刻示意診所工作人員去倒杯水，這代表眼前這位不是病人，而是客人。

「兩年多沒見，聽說妳升總編輯了，我還是常在報上看到妳的文章，筆鋒依舊犀利。」

「我一直都是這樣啊！只是頭髮剪了，從少女變成熟女而已。反正我就一個人，可以全心工作，不管是第一線記者還是當總編輯，社會上總有許多事需要我去發掘。」

多年不見，周雪蓉的造型和當年陸辰杰初見他時改變許多，從T恤、牛仔褲的學生裝扮，到現在得體有質感的上班族套裝，背上的學生背包換成了專業時尚的托特包，身上淡淡的香水味也流露出成熟的女人味。

陸辰杰當初會注意到周雪蓉，也是從她個人網站上讀到關於議員受傷的消息，有著不同於其他記者的見解。這段時間雖然都沒聯絡，但陸辰杰還是偶爾會看她的網站，知道她一直關注著社會各個角落。

兩人天南地北地閒聊了十多分鐘，周雪蓉雖然自嘲是熟女，但其實就像小女孩遇到大哥哥一般，吱吱喳喳講個不停，陸辰杰則多半傾聽，偶爾點頭微笑，直到護理師忍不住打斷他們：「陸醫師，不好意思，您和客人慢慢聊，我們先下班了。還有，剛才陸太太來電問您的看診進度，她提醒您別待太晚，今晚的餐廳是好不容易才訂到的。」

聽到陸太太三個字，周雪蓉抿了抿嘴，閃過一絲不自然的眼神，原本開心講到一半的話題也不再繼續。

「……你們要去吃什麼大餐？」

「我太太在網路上找到一家法式甜點店，據說口碑很好。」為了化解這有點尷尬的氣氛，陸辰杰打開手機，向周雪蓉介紹今天要去的餐廳。

「這家我去過，我覺得還好而已。如果你喜歡吃法式甜點，我知道有一家小店很不錯，下回我帶你去。」周雪蓉眨了眨眼。

「下次再說吧！遇到我通常沒好事。對了，我還沒問妳，專程來找我有什麼事？」

「幾年前的脾臟切除手術讓我元氣大傷，不過比之前好多了，雖然幫我開刀的醫師說手術很成功，但我還是想來給你看一下。」

「一般來說，手術經過這麼多年，不會有什麼太大的問題。」

「這是陸醫師的意見，還是Dr. J的意見？」周雪蓉的大眼睛轉啊轉，突如其來的問題就是直球對決。

「這是我的意見。」陸辰杰態度突然轉為嚴肅，沒有正面回答。

「希望計畫」屬於祕密任務，成員身分是最高機密，如今計畫已經中止，就更無再提起的必要，陸辰杰早已打定主意將這個祕密永埋心中，讓Dr. J的身分與遭遇就如南柯一夢般過去。就算周雪蓉或多或少猜到自己的雙重身分，他也絕不會親口承認。

周雪蓉早料到陸辰杰不會回答自己的問題，但仍是不死心：「三年前我就說要採訪你，現在總該答應我了吧！讀者一定很想知道你的故事，不管是當年叱咤風雲、卻走入基層醫療的陸醫師，還是醫術高強但沒有人知道其真面目的Dr. J。」

「陸醫師不想出名，至於Dr. J，恐怕妳得去問他。」

這時，陸辰杰的私人手機響起，是方璇打來。他表情流露一絲緊張，把食指放在唇邊，比了個「噓」的手勢。周雪蓉也很識相地聳了聳肩。

「看診結束了嗎？你怎麼還在診所？如果遲到，餐廳會把訂位取消喔！」方璇的語氣有點不高興，催他快點回家。

「我有點事情，快忙完了，等一下回家接妳。」一放下電話，陸辰杰就連忙收拾東西：「不好意思，我得走了，改天再聊！」

「等等！耽誤你最後幾分鐘……其實我今天來找你，是要跟你討論這件事。」說著，周雪蓉從背包裡拿出筆電，畫面上是最近幾則社會案件的新聞報導。「首先是這個：某家保險公司主管在新生南路的小巷，被時速超過九十公里的貨車當場撞死，你不覺得很詭異嗎？哪個貨車司機敢在那種小巷子開時速九十？而且我查過交通局的紀錄，那裡過去二十年都沒有發生交通事故；再來是他，這個財經記者我認識，在電視臺地下室停車場被搶劫，在扭打過程中被歹徒刺死，但歹徒只搶走了筆電跟手錶，錢包還留在現場……」

周雪蓉一連列出好幾起最近的意外死亡案件，死者包括記者、官員、保險公司高階主管，還有一位大學教授。

陸辰杰沉思不語，周雪蓉繼續說：「這幾年我還是會關注社會新聞，只要出現不尋常的意外或兇殺案，我就會聯想到某家神祕的醫院，也會追蹤每個傷患的動向，看是否有被送進去。這些案子都在近期密集發生，而且都各有蹊蹺，只是目前我還找不出其中的關聯性，不知道Dr. J的看法如何？」

陸辰杰搖搖頭：「我不是偵探，只是一個外科醫師。而且看起來這幾個人都是在事故現場死亡，無論送到哪個醫院或給哪個醫師治療，應該都回天乏術，妳恐怕問錯人了。」

「以我擔任記者多年的敏銳度，我推論這些案子應該具有某種關聯，猜想陸醫師應該會有興趣，或者說，Dr. J恐怕要出新任務了。」

「……妳想太多了，下次妳早點來掛號，我幫妳做個超音波檢查一下。」話一說完，陸辰杰就起身把診間的電燈關掉，拎起手提包示意送客。

「這份資料留給你，我相信我們很快就會再見面。」周雪蓉把一張她自己整理的案件關係圖留在陸辰杰桌上，上面紅圈、藍圈密密麻麻，寫滿了註解與疑點。

兩人一起走出診間，周雪蓉向左走攔了一輛計程車，陸辰杰則向右走去開車回家。

再次見到陸辰杰，周雪蓉難掩心中激動。這三年來，她一直忘不了陸辰杰，幾次想來找他，但理智仍告訴自己不該這麼做。今天她總算找到說服自己的理由，踏進陸辰杰的診間，她直覺 Dr. J 終會牽扯進這幾個案子中。這一次她不要當旁觀者，這群神祕的醫療團隊是城市的後盾，而她要當這個團隊的後盾。

開車回家的路上，陸辰杰一直思索周雪蓉告訴他的那些案件。其實他早就注意到這些不尋常的意外事故，只是沒辦法像周雪蓉整理得那麼有條理，他看了看手機，想知道有沒有來自 H. O. P. E. 的任務召集，或許就像周雪蓉說的，Dr. J 又要復出了。

3

最近是流行性感冒爆發的季節，許多民眾都想就醫拿藥或注射預防疫苗，因此陸辰杰的診所門庭若市。更由於隔天是週末不用上班，每到週五，夜診的病人總是特別多，通常得看到晚上十點多才能下班。他連喘口氣的機會都沒有，更沒有時間查看手機。

總算忙到一個段落後，陸辰杰才有空把手機打開，看到畫面上幾則未讀的新訊息，他也不以為意，反正除了方璇和診所，基本上沒什麼人會找他。這和H.O.P.E.中心解散之初的習慣完全不同，過去的他手機從不離身，絕不會放過任何一則簡訊。

「H.O.P.E. 999！」「H.O.P.E. 999！」「H.O.P.E. 999！」連續三則簡訊來得又急又快，陸辰杰不敢相信自己的眼睛，H.O.P.E.居然再度發出了任務命令！而且999是延襲一般醫院的緊急事件代號，代表最高優先緊急召喚。

看了看發送時間，大約是十分鐘之前，這代表得加緊腳步了！

「欸欸欸！陸醫師，你要去哪裡？才九點半耶！還有很多病人沒看完。」陸辰杰頭也不回地往診所外衝，後頭的護理師焦急地大喊，但陸辰杰已經跳上自己的藍色跑車。

週末前夕的信義威秀影城擠滿了逛街與看電影的男男女女，每臺售票機都大排長龍，唯獨倒數第二臺貼著大大的「故障待修」告示。依照過去的經驗，按下螢幕上按鈕、通過指紋辯識後，會出現一組進入影廳連通道的四位數密碼，然後掉下電影票。今天的電腦反應卻跟以前不一樣，螢幕上方出現過去不曾閃爍的紅光，接著顯示出「J－1404－5／6」。

陸辰杰滿頭霧水地拿著電影票進入九號廳，腦中思索著這一串以前沒看過的英文數字，前面是自己的代號、中間是任務啟動密碼，但後面的5／6的含意卻怎麼也想不透，難不成要跟哈利波特一樣，從六分之五影廳進入？

陸辰杰按照以前的方式，在第N排17號的座位扶手按下密碼1404，從降下的座椅進入與臺北市政府地下室連通的走道。陸辰杰是希望計畫的初始成員之一，早已走過這個通道無數次，本以為隨著希望計畫中止，自己不會再有機會進來，沒想到三年後再度接到任務召喚。除了內心激動，此刻映入眼簾的景象又更令他震撼不已。

這個通道的原始設計是緊急避難與撤退之用，因此燈光設計相當昏暗、與其說設備簡陋，倒不如說根本沒有任何設備，陸辰杰憶起頭幾次執行任務時，甚至得摸黑前進。然而這次進入，他發現環境已經完全不同，明亮的燈光照耀著整個走道，兩側牆上的高解析螢幕更是增添了科技感，這些螢幕從入口一直延伸到走道的盡頭，而腳下的輸送帶不僅加快了前進的速度，也讓走在裡頭的人彷彿置身太空艙中。

「歡迎Dr. J，任務簡報如下：六十二歲男性，左上腹部穿刺傷，受傷時間約為晚上九點鐘。」電腦語音唸著傷患資料與其他數據，陸辰杰看了一下手錶，受傷至現在大約一個小時，他心中的盤算應該是即刻開腹止血。

「事故現場預估失血量約一千八百毫升，彈道比對為.40 S&W子彈單一入口，直徑一．一五公分，肝臟破裂機率九％、脾臟破裂機率八十八％、胃穿孔機率六十四％、小腸穿孔機率二十一％、大腸穿孔機率四十六％、主動脈破裂機率三％。」

電腦螢幕出現傷患在事故現場與進入H.O.P.E.中心的即時照片，從左上腹的槍傷持續出血來看，電腦對各部位器官受損的預測相當準確。

「抵達H.O.P.E.中心時心律每分鐘一百二十二下、血壓四十二／二十毫米汞柱、呼吸每分鐘二十四下、昏迷指數三分，預期存活率為一・一五％。」這是國際通用的外傷嚴重指數評估，算出極低的預期存活率，顯示病況的危急與命在旦夕，陸辰杰深吸一口氣，腳步不自覺又加快了一些。

「建議治療方式：立即開腹止血，需進行主動脈探查，胃穿孔與腸穿孔需一併修補，任務需求手術器械已備齊，任務需求人員六名：麻醉醫師一名、麻醉與手術協同護理師兩名、藥品血庫儀器技術人員一名、外科醫師一名、重症加護護理師一名，目前已有四位抵達H.O.P.E.中心待命，Dr. J為第五位接受召喚人員，第六名人員等待回覆中。」進入H.O.P.E.中心前的最後一個螢幕，電腦語音提供了AI運算出來的最佳處置方式建議與人力配置，讓陸辰杰在進入H.O.P.E.中心前，對接下來的挑戰先有了個底，也終於知道了召喚代號5／6的含意。

H.O.P.E.中心的大門推開，彷彿回到家的熟悉感油然而生，他看到藍衣部隊的夥伴們都已各就各位，Dr.C在電動輪椅上指揮若定，將各種儀器、藥物與血品備齊，手術前準備已經完成，只差執行手術的外科醫師。

陸辰杰難掩內心興奮，套上繡著J臂章的白袍——Dr.J回來了！

「Dr.J，好久不見！大家都在等你，相信你已經聽取了任務簡報，Dr.F已經給出最佳建議。」Dr.C熱情地問好。

「Dr.F？」

「Dr.F是我設計的AI機器人助手，能和全球五大醫學資料庫連線，也內建最新版本的外傷、急救、重症加護醫學教科書，他會自動分析每位傷患的狀況，根據最新的醫學研究做出最佳建議。而且AI可以自主學習與進化，隨時修正自己的判斷，他就是H.O.P.E.的未來！Dr.F就是Dr. Future！」Dr.C熱切地介紹著這段期間他對H.O.P.E.中心做的硬體強化，除了Dr.F這套任務簡報與AI分析系統，手術器械、藥品與各類儀器也全部更新到最高規格。

「待會再聊！先開刀吧！」

「心跳停止了！」正當準備執行開腹手術時，助手突然大喊病情出現變化，原本因為失血性休克而快速跳動的心率，突然在心電圖上呈現一直線。

「CPR！快！強心針打一支！」Dr. C指揮助手開始急救，既然心跳已經停止，這時候手術恐怕幫助不大，當務之急是要先讓心律恢復，因此Dr. C立刻接手主導治療。

「手術刀！我要執行胸腔手術！」Dr. J果斷地向助手要了手術刀，卻不是照原本計畫在腹部中線畫刀，反而是把病人的左胸一刀畫開。

「腹部中槍為什麼要把胸腔切開？」

「子彈在體內的路徑屬於不規則彈跳，也有可能傷及胸腔內的心臟與主動脈。既然心跳停止，就代表只處理腹部不夠，必須從更源頭去止血，我要把心包膜打開，直接用手按壓心臟，再把主動脈夾住，無論腹部的出血點在哪裡，這麼做都可以從源頭暫時控制住！目標是先把命救回來，其他的之後慢慢檢查。」

Dr. J說的正是他在南加大外傷中心受訓時所學，那裡有相當多槍傷病患，「開胸心肺復甦與主動脈控制手術」就是專為這些生死一線的傷患所執行，能大幅提高傷者起死回生的機率。

「等等！這跟Dr. F的分析不一樣，開胸手術不在計畫中……」不等Dr. C說完，Dr. J已經一刀畫開，雙手直接伸進胸腔裡。

「主動脈鉗。」不同於Dr. C的慌亂，Dr. J冷靜地向助手要了手術器械，熟練地一手捏住主動脈，另一手用止血鉗將其夾住。

「剪刀。」他接著剪開心包膜，瞬間湧出幾百毫升的鮮血。然而心臟的收縮功能仍未恢復，Dr. J開始直接用手按壓心臟，幫助心臟將血液送進全身，約莫過了一分鐘，心臟居然一下一下地恢復自主跳動。

「跟我的判斷一樣，是心包膜積血造成心臟壓力過大，加上腹腔內失血過多，所以一旦超過心臟的負荷，心跳就會立即停止。只要把心包膜壓力釋放，再把出血先從上游控制住，就有機會看到奇蹟。」危機初步解除，Dr. J的情緒也紓緩了一些，他慢慢地向Dr. C和其他人員說明他的治療計畫。

接下來才是回到最原本的手術步驟，把腹腔打開檢查出血情形，並且確認腹內器官否被子彈打穿。手術總共進行了四個多小時，雖然過程漫長且複雜，病患幾乎已經一隻腳踏進鬼門關裡，但是戰局也因為Dr. J在電光石火間所做的決定而逆轉。

走下手術檯，Dr. J這才有時間環顧四周，強化過的H. O. P. E.中心跟之前更不一樣了，甚至能看到只在最新醫學期刊上報導過、或國外進修時才能看到的高階儀器，對外傷醫師而言，這些設備正是如虎添翼，可以完成更高難度的手術！

然而令他不勝唏噓的是先前的六角形會議桌，原本六個座位六盞燈，代表六個核心人員，但前任檢察總長秦宇翔知法犯法，已經離開團隊，現在只剩五盞燈亮著。他回憶起H. O. P. E.中心成立之初，六位核心成員一同開會討論案情的經歷，忍不住發呆了幾秒，才被Dr. C叫回現實。

「少了一個人不太習慣吧！別擔心，會有人補上的。你先坐，案情彙報馬上就開始。」Dr. C引導Dr. J到他的座位，面前的電腦螢幕顯示出病患手術後的狀況，目前逐漸穩定中。

「市長跟局長等會兒會來是嗎？」

「是的，不過據說還有一位高階長官，我也不知道是誰。」Dr. C的表情相當凝重，這恐怕不是普通的案件。

4

「等一下在路邊停車就好，今天在辦公室坐了一天，我想散散步再回家。」

「是，副座，需不需要我陪您走回去？」

「不用了，時候不早，陪我加班了好幾天，辛苦你了，趕緊回家吧！」

衛福部為了審查一項重大投標案，已經連開好幾天會議，本以為決標後一切塵埃落定，可以輕鬆一些，但移交作業又是另一樁苦差事，健保副署長李翰雄忙到今晚才總算告一段落。當座車開到他位在松信路的豪宅附近時，他決定下車走走，讓開了好幾天會的腦袋吹吹風、清醒清醒，也整理一下思路。這個指標型標案有好幾家大型保險公司來投標，提出的條件各有優劣，從投標到決標的過程並不輕鬆，即使已進入最後移交階段，也絲毫不敢掉以輕心。

李翰雄回頭望了望不遠處的臺北一〇一的燈光，自言自語著：「到底是哪來的謠言，說臺北市政府地底下有一家祕密醫院？如果有的話我一定是第一個知道的，全臺灣的醫療保險資料都在我這裡，只要查一下就一清二楚，這麼簡單就破解的謠言，居然有人相信？」

他不以為然地冷哼一聲，轉進巷口，拿出感應卡準備開門，家人長年都在國外，李翰雄早已習慣獨自夜歸。

「碰！」門剛打開，突地一聲巨響，李翰雄被人從後方推進屋內，黑暗之中他看不清楚來者何人，只有四道黑影。

「你們是誰？要幹什麼！」

其中一個黑衣人面無表情，一記重拳就往李翰雄肚子上招呼，痛得他蹲在地上乾嘔。另外兩個人逕自走進樓上的書房，從玻璃破碎與物品翻動的聲音聽起來，顯然在尋找什麼東西；客廳的角落還有一個瘦高的身影，身形看來似乎是女性，面罩之下露出的一雙大眼，冷靜地盯著這一切。

「Andy，好了，住手！」架住李翰雄的黑衣人揍得意猶未盡，正想再給他幾拳，卻被角落的女子制止。

「東西到手！」樓上的兩人走回客廳，說話的那人手中多了一臺筆記型電腦與幾個資料夾。「還有這個，我要了！」他從嗜錶成癡的李翰雄書房收藏櫃裡，拿走一支沛納海手錶，正是前幾天主持衛福部記者會時戴的那支。

「Roy，你真是夠了，每次都要節外生枝！」

「Kelly姊，不好意思嘛！個人興趣。」搶走手錶的男子用耍賴的語氣回答角落女子的質問。

「差不多了，撤！」Andy離去前又踹了李翰雄一腳，Roy緊跟在後步出屋外，名為Kelly的女子不疾不徐地拿出裝有滅音器的手槍，朝李翰雄開了一槍，見目標倒地不起後，她拿起手機發了一則簡訊：「DARK任務完成。」

「Derek，快一點，每次就你最慢！」其他三人已經坐在車上，只剩最後一個人還在屋內，破壞電信網路設備與監控系統。

前後不超過十分鐘，四個黑衣人便迅速完成了破壞與殺人任務，在黑夜裡揚長而去。

H. O. P. E.中心的六角形會議桌上，Dr. C、Dr. J、臺北市長杜振忠與警察局長羅志豪都各就各位，除了原本就是核心成員的Dr. S，還空著一個位子。不同於過往每次急救任務後的案情彙報，總是市長先開場，再由警察局長說明案情，今天的氣氛特別嚴肅，大家似乎在等待某個人的加入，Dr. J也感受到這股詭譎的氣氛，正想說點什麼，卻被市長的眼神制止。

「H. O. P. E.團隊的成員，大家辛苦了，我代表國家感謝各位。」主電腦螢幕上出現一個熟悉的臉孔，是現任總統透過視訊參加會議，Dr. J這時才意識到此次任務的層級之高。

「今晚各位救援的是健保署副署長李翰雄，稍早在家中遭到不明人士攻擊，明顯是有計畫的謀殺案件，從受害者身分與作案方式來看，應該是專業的犯罪組織所為，只是目前犯案動機與幕後首腦仍在調查中。」

市長簡單說明後，羅志豪便開始案情簡報，電腦螢幕也同步顯示李翰雄住家附近路口監視器拍到的畫面：

夜間八點四十二分：一輛黑色轎車緩緩接近，此時是李翰雄的座車開進巷口前五分鐘。

夜間八點四十七分：李翰雄下車走路回家。

夜間九點零四分，同一輛黑色轎車駛離松信路。

「同一輛黑色轎車，在副署長遇襲前後出現，停留的這十五分鐘，就完成殺害副署長與破壞現場的任務，犯案人數想必不只一人。只是副署長命大，槍擊位置偏離心臟幾吋，加上Dr. J與Dr. C完美無間的合作，才能救回一命。」

「是Dr. J果斷地執行『開胸心肺復甦與主動脈控制手術』，才能把副署長救回來。」Dr. C不敢居功，他轉頭望向Dr. J，眼神裡盡是欽佩之意。

「這不是一般的意外事故，而是謀殺中央官員，等於是對國家公權力的直接挑戰，因此中央必須介入，感謝臺北市政府的支持，讓我們能夠徵調H. O. P. E.中心協助中央政府。其實當年在我擔任臺北市長任內，也曾想過要組建一個這樣的醫療團隊，卻因為種種困難而打消念頭，沒想到幾年後這個夢想真的實現了，你們不只是這個城市的希望，更是這個國家的希望！」透過電腦螢幕，總統再次向大家表達感謝之意。

「中央政府官員不都有專屬醫療團隊待命嗎？據我所知，中央級的醫療顧問團，都是各大醫院的一時之選，為什麼需要在H.O.P.E.中心接受治療？」Dr. J心中仍有不解。

「確實如此，不過我有足夠理由相信，主謀絕非一般人，背後的原因恐怕不單純，幕後黑手可能已經伸進醫療體系。」總統眉頭深鎖，看來頗為苦惱。

「半年前，總統府接獲海外洗錢防治單位通知，李副署長在開曼群島有海外帳戶，而且有異常金流出現，因此我們啟動內部調查，高度懷疑跟他負責的全民健保資料庫業務有關。」

「全民健保不是已經倒閉很久了嗎？那個資料庫有什麼用？」聽到總統這樣說，Dr. C一時摸不著頭緒。

「目前還不清楚，不過最近正值全民健保重啟，並轉由私人保險公司經營的過渡期，在這個敏感時刻李副署長居然遇襲，我們認為這絕非巧合。」總統說的是他在任期內大膽推動的計畫。由於全民健保是過去政府少數滿意度極高的政策，因此他選前的重要政見，便是重啟全民健保，但為了不重蹈當年嚴重虧損的覆轍，因此改由私人企業競標經營。

「案件目前仍在調查中，許多懷疑也尚未獲得證實，由於事涉醫療體系與保險結構，中央需要有強大而獨立的後勤醫療支援，這個團隊必須獨立於現今所有醫療制度之外。」總統雖然對案情語帶保留，但大家都注意到他特別強調「獨立」二字。

「請總統放心，H.O.P.E.中心所有的醫材與藥品都是特別預算採購，再由可信任的工作人員在海關直接盤點後送來。在H.O.P.E.中心接受治療的傷患，病歷也是由Dr. C記錄在獨立的內部電腦系統中，不會存在於任何保險或醫療紀錄上，這裡是一個獨立於國家體系外的祕密組織。」市長詳細說明了H.O.P.E.中心的運作與保密方式。

「接下來會有一位本人的機要幕僚協助各位，H.O.P.E.中心將直接由中央調派指揮。」總統針對H.O.P.E.中心在此次任務的定位，下了明確指示。

「您客氣了，能為國家效力，是我們的責任與榮幸。」杜市長、警察局長與兩位醫師齊身敬禮，向總統致意。

總統離線之後，核心成員留下來繼續開會。

「我原以為再也沒機會進來H. O. P. E.中心參與任務了。」知道即將展開一個新的挑戰與任務，Dr. J難掩心中激動。

「還好杜市長願意延續謝前市長的理念，重啟H. O. P. E.中心，甚至追加預算，讓我將軟硬體全面升級。幾年前面對宇海集團一戰，H. O. P. E.中心立了大功，但這次面對的敵人更強大，連中央政府都得介入，大家一定得小心行事！」Dr. C說到這裡，現任臺北市長杜振忠點了點頭。

夜已深了，陸辰杰換回便服，準備離開前又再次交待。

「副署長剛經歷一場大手術，目前雖然暫時穩定住，但過多的失血量與長時間的休克，還要嚴密追蹤後續變化，這兩三天要嚴防再次出血，請Dr. C多費心，有狀況隨時召喚我來。」

「希望傷患能儘快恢復，一旦脫離危險期，請立刻通知我們來釐清案情，無論

H.O.P.E.中心歸中央還是地方調度，案件發生在臺北市，就是我的責任；我已經派相關人員去案發現場調查，或許能發現些什麼線索。」

警察局長羅志豪離去前，又打了幾通電話交代下屬。

5

一週前，內湖科技園區的遠心集團總部，正進行著一場保險公司的高階主管會議，不同於各部門負責人都是西裝畢挺，坐在會議桌主位的是一個不到三十歲的年輕人，一身十足美式風格的帽T牛仔褲球鞋，染了一頭金髮，實在與他面前那張座位牌上寫的「總經理」三字格格不入。

「等一下！投影片回到前一張！」年輕人打斷了在臺上報告的營運長，「雖然公司總營收比前一年度多了百分之二十，但都是轉投資股票與土地的獲利，扣除新客戶增加的保費收入，實際上醫療險理賠支出比去年虧損了百分之四，這邊你怎麼解釋？」

營運長原以為亮眼的總營收成長能讓自己在工作匯報中過關，孰料刻意縮小放在投影片一角，想輕描淡寫帶過的醫療理賠虧損，居然還是被總經理識破。

「呃……許多病患都透過實支實付的保單來申請理賠，大部分多是高科技醫材的支出項目。可是我不記得有增加那麼多……去年的數字我要再查一下。」

「身為營運長，這些細節不用知道嗎？不用查了，我直接告訴你！去年同期的理賠支出數字是四十二億，今年多了一億七千萬，就是百分之四！」年輕人丟出一份資料，當場令營運長臉色一沉。

「就算病人有實支實付保單，理賠部門還是要把關，一項一項審查是否是必要支出，不是病人的所有支出，保險公司都要買單。我相信保戶一定會有抱怨或法律動作，法務部門請研擬對策，在合約條文上，我們必須占上風！」年輕的總經理明快地做出指示，除了緊縮理賠給付的政策，相關的配套作業他也胸有成竹。

每週一的例會，是遠心人壽集團的高階幹部最痛苦的時刻，即使報告準備得再充分，狂傲的總經理羅宇峰永遠能從中挑出問題，不是報表內容有漏洞，就是前後說詞有矛盾，沒有任何一點小錯誤能逃過這位年輕總經理的眼睛。他的問題總是直接又犀利，會後也能明快做出結論，因此部屬們縱使被羞辱得體無完膚，也只能心服口服。

會議開到接近中午，祕書端了一杯可樂進辦公室，羅宇峰從口袋裡拿出一顆紅色藥丸準備服用，結果一不小心沒拿好，藥丸掉到了地上。

「Shit！」羅宇峰蹲到地上想撿，藥丸卻一路滾到沙發底下，他暗罵了聲髒話，再從口袋拿出一顆，配可樂吞了下去。

ξ

「跟羅總開會壓力實在太大了！他仗著自己是董事長的兒子，從美國回來後直接接任總經理，從來不把我們這些老臣放在眼裡，聽說他當年不愛讀書，才被董事長送去美國，結果也沒搞出什麼名堂，最後還是得回來臺灣接家族企業。」會中被狠削一頓的營運長和理賠部協理抱怨，他只有一週時間可以提出改善計畫。

「話不能這麼說，羅總是標準美式作風，雖然講話直接，可是切中要點。自從他回國接任總經理後，一年內我們遠心的整體業績提升了三成，而且他會講七八種語言，看資料過目不忘，小時候雖然表現平平，可是出國後突然開竅，尤其是回國前兩年，連拿三個學位，他可不是在美國混不下去才回臺灣的。」言談間，聽得出理賠部協理對這位小老弟的佩服。

遠心人壽確實在羅宇峰回國接任總經理後，在業界異軍突起，他主導的幾個大型投資案獲利都相當驚人，資產大幅提升後，又果斷地併購了幾家競爭對手。原本主管們都不看好這位美國回來的公子哥，現在全公司上下都對他心服口服，連同業都知道遠心集團的少主不簡單。

「不過年輕人畢竟是年輕人，管不住自己的脾氣，就像過動兒一樣，助理說他每個月都要吃藥，如果沒吃整個人會變得非常暴躁，上次開會過了吃藥時間，他彷彿變了個人，前一秒還在討論公司業務，下一秒中英文粗口都爆出來，而且除了罵人，還拿桌上的麥克風砸人，不過是個工作匯報，需要發這麼大火嗎？」兩人邊聊邊步出電梯，回到各自的座位。

總經理辦公室裡，羅宇峰一個人操作著四臺電腦，同時盯著美股下單、國際期貨指數、公司經營損益報表，還有個人的ＩＧ頁面，多金又能幹的年輕企業家，有著幾十萬追蹤者。

「少爺，我真佩服您，好像永遠不用睡覺似的精力充沛，而且腦筋清楚，又可以一心多用。」總經理特助老胡原先是羅董事長的左右手，羅宇峰接掌公司時，被董事長囑託輔佐少主。他見羅宇峰飛快地操作電腦、打字回覆粉絲留言、一會兒下達公司營運指令，下一秒馬上用流利英文指示國外銀行下單，忍不住在一旁插話。

羅宇峰專注於工作，沒有理他，忙到一個段落後，才抬起頭搭理老胡。

「通知所有高階主管，今天下班前召開臨時會議，我要確定遠心能搶下衛福部的標案，這個案子，我勢在必得！」

老胡應聲答「是」之後，又忍不住開口：「總經理，請容我冒昧，自從您上任後，土地與外匯投資都大有斬獲，又陸續併購了合寶人壽與環亞人壽，現在遠心人壽已經是國內壽險業的龍頭，照說穩健經營就能賺大錢，何必去淌公家機關的渾水？連國家的財政都沒辦法挽救當年破產的全民健保，為什麼您要去競標那個無底洞？」

老胡的問題其實也是全公司上下的疑問，先前的某次例會，所有高階主管一致反對遠心集團投入衛福部重啟全民健保的標案，大家都認為即便是以國家之力都無法維持的健保財務，不值得遠心集團花幾百億去競標，策略長甚至在會中直言：

「這會是遠心集團的重大失誤！」

然而總經理羅宇峰力排眾議，堅持要參與競標，衛服部預計在本週五公布決標結果。

「全民健保當年會破產，是因為政策被政治綁架，導致過低的保費與民眾對醫療服務過高的期待失衡，等我拿下獨家經營權，第一步就是調高保費與緊縮給付條件，預期獲利空間非常大。」

「就算真是如此，前期投資的幾百億要回收，恐怕也得好幾年。」過去董事長經常跟老胡商量重大決策，但直到現在老胡還是看不出這個投資背後的價值在哪裡，更搞不懂年輕的少主在打什麼算盤。

「老胡，如果你有幾百億，你會拿來買什麼？」

「我如果有幾百億，哪有什麼買不到的？房子、車子、女人都不是問題。」

「但是無價的東西最貴！我要買每一個人的健康和祕密，掌握健康就有生殺大權，掌握祕密就能掌握恐懼，掌握恐懼就能控制未來！」羅宇峰眉宇之間，有股不尋常的企圖心與自信。

「恕我駑頓，不懂總經理的意思。」

「健保署副署長李翰雄目前是我的合作對象，他是少數有權限登入全民健保資料庫，並且將去識別化資料解碼的核心人物，透過他，我就可以從健保資料庫裡查到任何我想要的。」羅宇峰在鍵盤上快速打字，電腦畫面進入了全民健保資料庫的入口網站。

「你的身分證字號幾號？」羅宇峰將老胡的基本資料輸入資料庫裡，頓時基本個資、就醫紀錄、健檢報告、支付保費的銀行帳戶與信用卡全都一覽無遺，內容之詳細，令老胡瞠目結舌。

「明年我打算在汐止買一塊地，把我們的企業總部與雲端資料庫蓋在那裡，你覺得企業購地會遇到什麼困難？」

「以我們公司的財力，多貴都不是問題，怕的是地主坐地起價，或有人惡意干預。」這是土地投資常見的麻煩，除了得想方設法壓低價格，還常需要額外花錢擺平釘子戶或地方人士。

「但只要是人就會生病，從醫療保險的資料庫裡，常會有驚喜的發現。」羅宇峰露出一抹神祕的微笑，在鍵盤上輸入一個人名：「這個姓黃的市議員，一直找我們公司麻煩，假要求回饋鄉里之名、行索賄之實，動不動就說要在議會杯葛或是發動民眾來陳情抗議，阻撓遠心集團的發展。」

「這人我有印象，他胃口很大，吃相很難看。」老胡對這個惡名昭章的民意代表記憶猶新。

「多年來他都用同一張信用卡支付保費，而從這張信用卡資料能連結到另一個女保戶，她的保費都是黃議員幫她付的，我想議員夫人應該會對這件事很感興趣喔。」電腦跳出一位年輕女子的基本資料，老胡曾在八卦雜誌上看過這則議員與女助理的緋聞，當時兩人都極力撇清。

羅宇峰又調出另一個中年男子的保險資料，「這傢伙是宮廟主委，就在遠心集團的某個土地開發案附近，也是個麻煩人物，連『施工會打擾神明』這麼爛的理由，都可以來跟我們要錢。照說宮廟主委應該潔身自持才對，為什麼每個月都去昆明性病防治中心拿藥？信徒需不需要知道？」螢幕上，中年男子接受菜花燒灼手術的次數與性病藥物處方簽一覽無遺。

老胡這時總算理解總經理口中的「驚喜」是什麼了，這是一個充滿八卦與祕密的寶庫，而裡頭的寶藏足以動搖國本。

「現在李翰雄胃口越來越大，索賄金額越來越高，而且他也不是只把資料賣給我，甚至把某些高階官員與將領的健康資料賣到國外……」老胡還在盯著電腦畫面時，羅宇峰已經警覺地把資料庫畫面關掉。

「經過前幾次的併購案，目前遠心集團在醫療保險的市占率已經達到八成，不過距離全民健保資料庫可以百分百控制醫療還差一點，與其靠收買官員，還不如我自己經營！光是掌握個資與祕密，就足以讓我們的敵人身敗名裂，等全民健保由我掌控，任何人要接受什麼治療、能不能接受治療，全是我說了算！」羅宇峰越說越開心，大笑著說：「幾年前有個叫邱世郎的，還得用威脅利誘的方式來控制醫師，手段太不入流，照我羅宇峰的方法，不需要任何破壞，就能讓整個醫療體系聽命於我！」

老胡這時總算知道眼前這位年輕總經理眉宇間的自信所為何來，雖然銜董事長之命輔佐少主，但羅宇峰的笑聲令老胡不寒而慄。

什麼東西值得用百億來換？掌握了祕密與健康，就等於掌握了心中不為人知的恐懼，控制恐懼的力量，值得用百億來換。

6

今夜的遠心集團總部，除了駐警巡邏外沒有其他人，一輛從車體到玻璃全黑的賓士AMG G63從西翼特殊通道開進地下室，車停妥後走下四個黑衣人，進入專屬管制電梯，直上頂樓。

才走進辦公室，個頭最矮小的男子就自顧自地一屁股跳上休息區的沙發：「我得躺一下，這陣子連續出好幾次任務，就屬今天最累，我覺得無論是臺灣還是美國，貪官汙吏都是一個德性。你們記不記得好幾年前，我們處理掉的那個華裔移民官？居然用從非法移民收來的黑錢，在佛羅里達買了間大房子！真是難怪！否則以臺灣健保署副署長的公務員薪水，怎麼可能買得起信義計畫區的獨棟豪宅，還弄得跟軍事基地一樣，一堆防盜設備和監視器，全部破壞當然是難不倒我，只是跟前幾天處理那個記者比起來，還是費了不少力氣。」

「Derek，你有點規矩好不好？Kelly姊還站著，你一個人就占滿整張沙發。」另一個瘦高男子唸了躺在沙發上的Derek幾句，望向站在辦公室一角，看著窗外的黑衣女子。

被喚為Kelly的女子時而抬頭看看天空，時而低頭不知道在思索什麼，一會兒又打開項鍊墜，對著裡頭的相片喃喃自語。

「沒關係，你躺就好，我喜歡站著。」Kelly邊說，邊從腰際取下一把精緻的銀色手槍把玩，是來自瑞士軍工製造的P226X半自動手槍，如果不是相當有辦法，在臺灣幾乎不可能出現。

「倒是Andy跟Roy，你個兩個給我聽好，我對今天的任務很不滿意，既然目標是高階官員，就絕對不能失手，我們的身分更不能曝光，結果Andy把對方打得唉唉叫，好像巴不得讓全世界都知道我們來了一樣；Roy也是，手腳不能乾淨些嗎？每次都要從現場拿點東西，好像很缺錢似的！」Kelly收起銀槍，又從綁在背後的刀鞘拔出一把D9攻擊刺刀來擦拭，這是她另一樣從不離身的近戰武器。

「Kelly姊，不好意思啦！這是我們兄弟倆改不了的壞習慣，誰叫我們一個叫

Andy，負責Attack（攻擊），一個叫Roy，負責Rob（搶奪），不揍人不拿點東西，手會癢。」大個子Andy一個勁兒傻笑，瘦高的Roy搭著Andy的肩，手腕上那隻從副署長家裡搶來的沛納海名錶閃閃發亮。

「兩個成事不足敗事有餘的東西，出任務只有靠我和Kelly姊，以後我們DARK軍團只需要我跟Kelly組成DK小隊，我Derek負責清理戰場Destroy，Kelly姊負責清理敵人Kill，AR二人組打雜就好。上次新生南路那個保險經理的案子，還不是靠我跟Kelly姊用假車禍搞定，本來連下車都不必，Roy硬是要去拿個紀念品，拖延我們在現場的時間，你知道有多容易曝光身分嗎？」

面對Derek的調侃，Roy也毫不客氣地反唇相譏。「你少來了！還記得洛杉磯那次嗎？你搞破壞搞到把現場給燒了，本來神不知鬼不覺的任務，鬧到LAPD（洛杉磯警部）要組專案小組調查。」

Kelly仍是靜靜地看三人你一言我一語吵個沒完，這種打鬧的模式一直是DARK軍團能合作無間的原因，四人對分工早有默契：Derek的任務是Destroy破壞現場，不留下任何犯案證據；Andy是先鋒部隊，負責Attack攻擊，打頭陣率先控制目標；Roy專精於Rob搶奪，精準搜索文件或其他需取走的標的物；不同於他們三個的輕浮與毛躁，隊長Kelly冷靜、冷漠、冷血，刺刀能一刀斃命，手上的銀槍更是彈無虛發，她的工作就是最終任務——殺人Kill。過去幾年，他們在北美洲犯下無數大案，許多看似意外的死亡，其實都出於他們的精心設計。

「遠心這張大單做完，我就想回美國了，那邊空氣好土地大，我要去印第安那州買塊地當農夫。」Andy看著窗外的夜景，內湖南港鱗次櫛比的高樓大廈，和他長期定居的美國中西部不太一樣。

「回美國當然好，倒是Kelly姊得想一想，羅總好像很欣賞您，要不您留在臺灣當遠心集團的豪門媳婦也不錯，往後我們三兄弟就靠您關照了……」Roy用曖昧的眼神看了Kelly一眼。

Kelly惡狠狠地回瞪Roy。此時，辦公室的門正好打開，一頭金髮的羅宇峰走了進來。

Derek立刻從沙發上跳起來：「總經理好。」

「大家請坐。今晚的目標是這次任務中層級最高的人物，健保署副署長在自家豪宅被殺，政府一定會有反應。不過各位身手俐落，相信是查不出什麼，事成之後，我再招待各位去加勒比海的小島渡假放鬆一下，不過在這之前，請大家務必提高警覺。」羅宇峰親切地拍了拍Andy的肩膀，又對Kelly比了個讚的手勢。

Kelly面無表情地點點頭，開口道：「羅總，你要的東西在這裡，人也處理掉了。」她從袋中取出李翰雄的筆電，並打開手機裡的相簿，是幾張目標中槍倒地的照片。

「叫我Ryan就好，叫羅總太見外了。為了預祝接下來的成功，我們先喝一杯！」羅宇峰開了一瓶紅酒倒成五杯擺在桌上，唯獨把Kelly那一杯親自遞給她，又對她眨了眨眼。

「Cheers！」除了Kelly，其餘四人都把酒杯舉起，只有Kelly直接一飲而盡，羅宇峰想要伸手搭住Kelly的肩，卻被她轉個身技巧性地躲開了。

「好了，開始任務彙報吧！」

Derek立刻轉換了態度，認真道：「副署長家裡的監視系統非常複雜，尤其是二樓書房，除了門口有保全公司連線的警鈴，還有兩支隱藏攝影機正對著他的保險箱與個人電腦。不過事前我已經駭進系統中斷連線，離開現場時也確定全部都被破壞了。」

「我本來以為會有隨扈陪副署長回家，剛好可以讓我練拳，結果就他一個老人家進門，害我揍得不過癮。」Andy對這次任務沒能大展拳腳感到很遺憾。

Roy接著說：「這是羅總您交代一定要到手的東西，包括李翰雄的銀行交易紀錄，他用好幾個海外空殼公司當人頭帳戶，接受來自不同單位、甚至不同國家的匯款，這些年一共兩百多筆。當然我也拿了點私人紀念品。」Roy晃了晃手上的名錶，喜孜孜地向羅宇峰介紹。

「我只有一個任務，殺。」Kelly仍是面無表情地說。

「不愧是名震北美華人圈的DARK軍團，連FBI都要敬你們三分！遠心集團標下全民健保獨家經營權後，過去和副署長合作的一切都必須抹除，當然也包括副署長本人，我必須確保沒有任何事能阻止遠心集團得標，DARK軍團果然沒讓我失望！」

「國家官員在家中被殺，新聞應該炸鍋了吧！我以前在美國，最喜歡看電視上的記者分析兇手是誰，講得跟真的一樣。」Roy刻意用戴著手錶的左手把電視打開，他很得意從目標手上搶來的戰利品。

果不其然，DARK軍團的傑作成為今晚全國焦點，每家新聞臺的記者都在現場SNG連線。

「記者所在位置是松信路，目前警方已經封鎖現場，健保署副署長稍早遭到歹徒攻擊，目前經搶救後已脫離險境，警方即將召開記者會說明目前案情進度，請持續鎖定本臺報導。」

「什麼？脫離險境？沒有當場死亡嗎？」話不多的Kelly也掩不住詫異。她最拿手的射擊角度是從左上腹往胸腔發射，子彈會造成脾臟破裂與大量內出血，再穿過橫膈膜射穿心臟，目標完全沒有存活的機會，她不敢相信自己會失手。

「或許是官方的假消息，不想造成民眾恐慌，不過不管是死是活，遠心集團既然已經拿下標案，副署長也不會出來從中作梗了。三位請先回去休息吧，之後還會有任務召集……Kelly，有空陪我再喝一杯嗎？」

「我殺人，不陪酒。」

羅宇峰此時已不再掩飾他對Kelly的興趣。「別那麼冷淡嘛，只要能夠一親芳澤，Kelly小姐想要什麼，憑我遠心集團的實力，都不是問題！」

顯然羅宇峰並不希望其他三人繼續留在這，臨去前，Roy還是忍不住調侃：「Kelly姊，我真羨慕妳～」

「我們從美國來臺灣，純粹是看在錢的份上，任務完成就要回美國了。」Kelly說著，下意識地摸了胸前的項鍊。

「妳的項鍊墜子真漂亮，想必是情人送的吧？可以借我看看嗎？」羅宇峰冷不防伸手到Kelly胸前，想把項鍊拿近點看。

「少給我毛手毛腳！」羅宇峰雖然是男人，但哪打得過職業殺手，她一個擒拿手就把羅宇峰架開，只是礙於金主的身分，原本可以把他重摔在地上，也只是輕輕放下，但這個動作已經讓羅宇峰顏面盡失。

羅宇峰只能訕訕地看著DARK軍團離開，自言自語道：「不論付出什麼代價，我一定要得到妳！」

「嘿嘿嘿～是誰說副署長必死無疑的？」DARK軍團前腳剛走，羅宇峰辦公桌的電腦螢幕突然亮起，一名男子在畫面另一端說話。

「什麼意思？目前不是都照我們的計畫進行嗎？」

「注意看新聞畫面，特別是官方釋出副署長接受搶救後的照片，你有看過國內哪家醫院長這樣嗎？而且傷患是腹部中槍，畫面卻顯示胸口包了很多紗布，腹部中槍卻做胸腔手術，顯然是為了控制主動脈，這可是行家的手法。」視訊畫面另一頭的男子點出記者會上的疑點。

「難道有人在跟我們作對？」羅宇峰感受出事有蹊蹺。

視訊另一端的男子沒有回答羅宇峰的問題，而是喃喃自語道：「當初害你的就是這群人，我一定會替你報仇……」

7

美國中西部大城芝加哥，有著全美數一數二規模的中國城，這裡彷彿是獨立於美國之外的異世界。雖然官方語言是英文，然而只要一走進中國城，人聲鼎沸的是中文、人來人往盡是華人。

幾輛不同顏色的超跑駛進中國城的主要道路Cermak Road，陣仗之大，引起路人側目。一個滿頭金髮的年輕人從第一輛黑色藍寶堅尼下來，左手拎著最新款Louis Vuitton手提包，右手摟著一個妙齡女子，跟在後頭下車的幾個年輕人，開的跑車與身上的行頭都要價不斐，熟悉中國城的人都知道，這是芝加哥華人圈的「紈褲幫」，帶頭的金髮男子人稱峰少，揮金如土的程度令人嘖舌。

「峰少，今天用點什麼？」名軒酒樓的經理見貴客臨門，不敢怠慢，趕緊安排包廂，並用帶點廣東口音的中文親自點菜。

「這還要問？你第一天上班？所有的點心都各來一份，幾道有名的海鮮料理也不能少，我今天要招待朋友，不要讓我沒面子！」狂妄的峰少不理會領臺帶位，自顧自走進自己專屬的包廂，菜單連看都不看就揮手要經理出去，又反手捏了桌邊女服務生的屁股一下。

女服務生被突如其來的動作嚇了一跳，繼之是怒目而視，正待說點什麼，卻被經理制止，硬是把她拉到包廂外。「峰少是我們的貴客，他在這裡的消費沒有上限，千萬不能得罪他！」

面對整桌的酒菜，峰少漫不經心地用老大哥的口吻問：「等一下吃完要去哪裡玩啊？」

其中一個穿著紅外套的年輕人，把跑車鑰匙擺在桌上，興奮道：「先去I-290公路試車，我這次新買的紅馬，可未必會輸給峰少的黑牛喔！我們開到西郊再回市區，最後在海軍碼頭見吧！」他指了指餐廳外的黑色藍寶堅尼和紅色法拉利。

峰少新交的女朋友Maggie嚷嚷著：「我想去跳舞！海軍碼頭那邊開了一家新的夜店，聽說酒跟音樂很不錯。」

「好啊！先飆車再去跳舞，過癮！」大夥起鬨著乾了一杯。

席間，一眾年輕人談的盡是風花雪月，有人在精品店一次橫掃超過十萬美金的名牌包，有人辦生日派對一晚開二十支香檳王，其中最豪氣的當屬紈褲幫主羅宇峰，他是臺灣三大保險業之一遠心集團董事長的獨生子，當初幫他規畫出國讀書時，除了無上限的金援，父親也以他的名義投資不少美國的股票與房地產，每月光是股息與租金收益，就超過一般留學生幾年的打工所得。

「峰少，您有沒有算過，每個月您有多少零用錢？」

「不知道，反正戶頭的錢和信用卡額度永遠用不完就對了。我那個煩人的老爸每次都叫我研究他幫我買的股票和房地產，其實我一點興趣也沒有，光是看到一堆英文就頭大。過幾年等我回臺灣，就能接掌公司，大不了花錢請個翻譯就好。」峰少當時在臺灣就是因為不愛讀書，才被老爸送出國，除了弄個海外學歷比較好聽，也希望他至少英文能好一點，遠心集團有不少海外投資需要和歐美人士接觸。結果他到了美國後，都跟華人混在一起，英文根本沒有進步，倒是去夜店或酒吧時，某些英文術語講得很溜。

「買單！」酒過三巡，峰少豪氣地彈了一下手指，要服務生過來結帳。

「您今晚的消費是一二一四．七五美金，這是明細。」一個矮小的服務生拿著帳單過來。

「信用卡給你，小費要多少你自己填。」峰少掏出他的ＡＥ黑卡交給服務生，正眼也沒瞧一眼。

一般來說，美國的餐廳消費，服務人員有權要求餐費的百分之十五到二十做為小費，消費者會在後頭填上金額或百分比，但讓服務生自己填數字，出手真的相當闊綽。

「我不方便自己填，如果是十五％的話，金額是一百八十二美元，如果是二十％，是兩百四十二．九五，就算兩百四十三元；如果是二十五％的話，是三百零三．七，算三百零四元。」

服務生連計算機都沒按，就講出一連串數字，強大的計算能力引起Maggie注意。

「哦～數學不錯喔！那我們的統計學期中報告叫你來寫好了，看你要收多少錢？」

「好主意！我本來還在心煩這件事，那就是你了！」峰少從口袋掏出兩張一百美金大鈔擺在桌上，這才抬頭與眼前的服務生四目相接。

「蕭磊老師？是你嗎？」峰少凝神一看，認出他是自己小時候的家教老師，當年蕭老師是醫學院學生，被他父親請來當家教。

「是啊！小宇，好久不見。」服務生被昔日學生認出來，有點尷尬地笑了笑。

「你不是在臺灣當醫生嗎？怎麼會來美國？這些年我常想到你，可是聯絡不上。」羅宇峰把自己的電話抄在收據後面，連著剛拿出的兩百美金，硬塞進蕭磊的口袋，「這是我的電話，明天請務必打給我！」他又相當激動地把餐廳經理找來：「蕭老師是我的救命恩人，明天開始他不用再來名軒酒樓上班了，薪水全部都算我的！」

一群富家子開著跑車揚長而去，留下現場錯愕的餐廳經理，以及帶著詭異微笑的蕭磊。

「蕭老師請千萬記得，絕對不可以讓小宇離開你的視線。」今天是段考後的第一個週末，學校功課沒有新進度，羅宇峰向父親提出想去科學博物館參觀。起先羅宇峰的父親打算派司機跟保鑣送他去，但在羅宇峰的強烈反對下，父親才同意由家教老師蕭磊陪同。

「耶~蕭老師最好了，我要去動漫展。」羅宇峰是單親家庭的獨生子，父親又是遠心集團總裁，平時根本沒有時間陪他，自從蕭磊擔任家教後，除了指導功課，也陪他度過許多休閒時光。這個孩子對蕭磊的信任，也令平時在學校人緣不佳的蕭磊有了生活重心，因此這對師生儼然成為彼此最要好的忘年之交。

一離開父親的視線，兩人就改變目的地，往世貿中心的動漫展前進。對還是小學生的羅宇峰來說，簡直像是來到了天堂，他站在某個攤位前目不轉睛。

「你在這邊不要離開，我去一下廁所。」蕭磊囑咐著羅宇峰。

然而幾分鐘後，蕭磊回到會場，卻沒見到羅宇峰的蹤影。起先以為是小男孩換到其他展區參觀，但找了十幾分鐘都沒有找著，蕭磊開始有點擔心。

「小宇！」蕭磊這時瞥見羅宇峰的棒球帽掉在展場出口地上，他心中暗想不妙，趕緊追出去，在世貿展覽館後方的工地看到三個男子正挾持著羅宇峰。

「你乖乖配合我們，等你父親付了贖金就放你走，遠心集團的少東，至少值兩個億吧！」

「放下那個孩子！」眼看羅宇峰就要被三人強拉上車，蕭磊一個箭步衝了上去。

「你算哪根蔥？」其中一人抓著羅宇峰，另兩人見蕭磊個子矮小，一點也不怕地走過來。

然而蕭磊卻像不怕死似的，撿起掉在地上的鋼筋就撲了上去！羅宇峰可說是他唯一的朋友，更像是親弟弟一般，因此讓他興起一股保護的衝動。蕭磊猛力一戳，尖銳的鋼筋有半截沒入其中一人的左側腹部，那人疼得大叫出聲，彎下腰來。

「你這混蛋！」三人沒料到眼前的小個子竟然這麼狠，頓時一陣驚慌。沒受傷的另一人開始對蕭磊一陣暴打。

蕭磊仍死命抓著鋼筋不放，即使被打得頭破血流，仍沒有一點呻吟，反而冷笑著說：「我建議你現在停手，你朋友現在還沒死，是因為鋼筋距離主動脈還有兩公分，不過胃已經被我刺破，你現在帶他去看醫生，還能撿回一命，否則他可能會腹膜炎而死。」

歹徒毫不理會，又是一陣拳打腳踢，蕭磊仍不為所動，又把鋼筋刺入一公分。

「現在是下午一點，你們應該剛吃過午餐吧，正常人的胃排空時間是四個小時，所以你朋友的胃裡現在充滿食物。我刺的位置在左上腹，膨脹的胃一刺就破，還是你希望我把胃後面的主動脈刺穿，直接送他上路？」說著，蕭磊又把鋼筋推進一公分。

見同夥倒在地上不斷哀嚎，肚子的傷口鮮血直流，另兩名歹徒才終於上前扶住同夥。

「你、你、你……你怎麼知道這些？」

「我在附近的吳興街讀醫學院，我講的是不是真的，等會你把朋友送到醫院就知道了。」渾身是傷的蕭磊甩下目瞪口呆的三人，拉著羅宇峰離開現場。

把羅宇峰平安送到家門口後，蕭磊為了替彼此保守祕密，什麼也沒說就離開羅宅，從此再也沒有出現。

芝加哥市區西北方的Wicker Park坐落不少摩登的高級公寓，羅宇峰把一串鑰匙和一疊現金交給蕭磊：「蕭老師，這棟公寓是我爸的，您就安心住在這裡，距離您的實驗室開車不到十分鐘，有其他的需要隨時跟我講，您就不要再那麼辛苦，白天去大學做實驗，晚上還要去中國城打工。」

「小宇，謝謝你，你對我這麼好，我不知道該怎麼回報。」蕭磊很感動地接下鑰匙。

「蕭老師，當年您不告而別，我傷心了好久，那時要不是有您，我可能早就不在人間了。」不同於平時氣勢凌人的峰少，此時的羅宇峰就跟小男孩一般，和蕭磊聊起十幾年前的往事。

聽到對方這麼說，蕭磊苦澀地笑了一下，羅宇峰不知道的是，蕭老師因為歹徒的攻擊而受到重傷，在醫院裡躺了一週，而且腦前額葉受到重擊造成性格改變，原本已經人緣不佳的他，個性變得更加古怪了。

8

四年前，奉檢察官指示刑求嫌犯的蕭磊拎著公事包、踏著輕快的腳步來到土城看守所。只有在這種時刻，他的醫學長才才得以展現，讓自己像個「醫生」，聽說今晚的刑求對象是女性，更令他格外興奮。

「嘿嘿嘿～這次我要來試個新招。」他獨特的笑聲，令看守所的獄警不寒而慄，因為他們見過太多次嫌犯在蕭磊的刑求後痛不欲生，將案情和盤托出。

「被我拒絕那麼多次，今天落在你手裡了。」

蕭磊一走進會客室，就看到余小曼坐在那裡，不像其他嫌犯總是既害怕又意外，反而很鎮定地看著自己。

「小曼，是妳？如果早知道是妳，我就不會答應秦宇翔了，妳是我這輩子最不願意傷害的人！」

「沒關係，拿出你的能耐吧！我始終相信，肉體上的痛遠比不上心裡的苦，過去幾年的心靈折磨，我不覺得還有什麼痛苦是我忍受不了的。」余小曼說這些話時，悄悄用自己的指尖與坐在對面的蕭磊指尖碰觸了一下。

蕭磊如同觸電般，從余小曼的眼神中看出了暗示，他立時起身大吼：「你們出去，不要打擾我做事，攝影機關掉！」

蕭磊揮揮手，把獄警趕到外頭，原本獄警還期待能看到些什麼香豔刺激的畫面，此時也只能訕訕地離開。

當會客室裡只剩蕭磊和余小曼後，蕭磊立刻焦急地問：「小曼，這到底是怎麼回事？」

「我接下來要講的事非常重要，不要打斷我，也請照我說的做。」

蕭磊慎重地點點頭，與先前的輕佻陰毒判若兩人。

「我有一間私人實驗室在南海路和牯嶺街交叉口，藥品櫃的夾層有個保險箱，密碼是我的大學學號，裡面有三支紅色藥劑，請銷毀其中兩支，最後一支明天帶來給我。」

「那是什麼東西？」

「是我畢生的傑作，CE－α。我要跳人生的最後一支舞。」

「CE－α？那是幹什麼用的？」

「這你別管，保險櫃裡還有我的研究筆記，你看了就知道。之後你就先去避避風頭，到美國芝加哥大學的SMART實驗室找一位卡明斯基教授，把筆記交給他，後續自有安排。這是我此生最後的請求，也只有你能幫我了。」

雖然不知道余小曼到底在打什麼算盤，但聰明絕頂的蕭磊感受得出事情的嚴重性，因為余小曼的語氣不像在交待工作，更像是遺言。

「小曼，別想那麼多，我會想辦法把妳救出去的，我去跟檢察官講，如果不放過妳，我就把他刑求犯人的事公諸於世！」

「沒用的，不只是秦宇翔，現在整個宇海集團都放棄我了……蕭磊，我知道這幾年你一直對我很好，一直都沒跟你說謝謝。」

蕭磊情不自禁地握住余小曼的手，眼眶滿是淚水。不同於過去的嫌惡，余小曼這次沒有甩開，只是靜靜看著蕭磊，這個一生只為她付出的男人。

突地，余小曼翻臉大吼：「我還以為你有多大能耐，原來不過如此！你還有什麼花招，都使出來吧！」

余小曼的音量之大傳遍了整個走廊，雖然蕭磊交代獄警不准進來，但怕人犯出事，還是仍忍不住開門查看發生什麼事。

蕭磊先愣了一秒，但馬上明白她的意思，接著立刻回嘴：「妳等著，看妳嘴硬到什麼時候！」他佯作氣憤地起身。「今天暫且放她一馬，我有一支重要的藥劑忘了帶，等我明天過來時，有她好受的！」

「蕭老師，可不可以幫我完成這份作業？我已經遲交一星期，教授說我如果本週內沒有完成，就要把我當掉，我爸捐再多錢也沒用！」

某天晚上，蕭磊正在公寓看書，羅宇峰很焦急地闖進來。

「可以啊，看起來一點都不難，我晚點做完之後用e-mail寄給你。」蕭磊抬頭描了一眼羅宇峰帶來的文件，就只是幾題簡單的統計學應用問題而已。

見蕭磊答應替他完成作業，羅宇峰心中放下一塊大石，很輕鬆地往客廳的沙發一躺，抱怨起他那望子成龍的老爸。「我真羨慕你腦筋那麼好，什麼題目都難不倒你。我老爸一天到晚把公司報表寄給我，要我學著看，根本看不懂啊！還要我暑假回臺灣去遠心集團實習，熟悉公司運作，光想到就頭大！」

「還是要學著自己做，不然以後你接管公司，會管不動下面的人。」

「你講得倒簡單，又不是每個人都像蕭老師你一樣聰明。」

這時，蕭磊從抽屜拿出一個藥罐，「試試這個吧，既可以提神，又能讓頭腦清楚。」

羅宇峰接過來一看，裡頭是好幾顆紅色藥丸。

「這是什麼？毒品嗎？我老爸要是知道我嗑藥，我就死定了！」

「不是毒品，不過比毒品還厲害，沒什麼好怕的，我吃給你看。」蕭磊拿起一顆就往嘴裡送。

「既然蕭老師都吃了，我相信你不會害我。」羅宇峰對蕭磊有著絕對的信任，他跑去冰箱拿了一罐可樂當水，把紅色藥丸吞了下去，「作業先謝謝你了，我和朋友還有約。」

看著羅宇峰離去的身影，蕭磊嘴角又浮現那一抹詭異的笑容。他從抽屜裡拿出一本筆記本翻了翻，前面幾十頁密密麻麻的各種化學式與統計數據，正是佘小曼研究合成CE－α的配方與各種實驗結果，而最後面十頁，則是蕭磊自己的筆記。

來到美國這一年多，卡明斯基教授念在他是小曼的朋友而收留他，讓他在實驗室幫忙。蕭磊憑著自己的聰明才智，漸漸得到信任，開始參與實驗，並且在大腦強化實驗上有了重大突破，現在改良後的口服劑型讓智力強化等級更高，原本會造成腦部萎縮的副作用也得到了修正。

筆記中掉出兩張夾在內頁中的A4紙，是佘小曼在宇海集團時，替邱世郎調查臺北市政府內祕密醫院的線索，上頭寫著兩個人名：陸辰杰與方璇。

「小曼，謝謝妳。我會完成妳的遺願，也一定會幫妳報仇！」

蕭磊拾起文件，將筆記與裝著紅色藥丸的藥罐小心翼翼地鎖回抽屜，藥罐上印著CE－β。

9

時間已近中午，陸辰杰看診告一段落後，交代護理師他要暫時離開一下，方璇要他去銀行處理幾筆匯款，也要去赴和朋友在永康街餐廳的聚會。

計程車經過信義路和金山南路交叉口，平常這時候都一路暢通的路況卻罕見地大塞車，快遲到的陸辰杰決定提前下車走過去。原來是稍早的地震造成施工中的大樓鷹架倒塌，因此所有車輛都必須減速慢慢繞過。這時，一輛鳴笛的救護車穿過車陣開進來，兩位救護人員將一個被大片碎玻璃刺進腹部的工人抬上救護車。

「傷患預估五分鐘後送至醫院，目前心跳一百二十二下，血壓六十一／四十二。」救護人員透過對講機向後送機構回報最新狀況，路過的陸辰杰搖搖頭，聽起來狀況不妙，雖然此時自己只是路過的民眾，卻忍不住站在遠處，看著救護人員如何處理。

「心跳停止，血壓量測不到，開始ＣＰＲ！」救護車的門還沒關上，傷患狀況就出現變化，救護人員似乎慌了手腳，忙著通報後線單位並開始急救程序，陸辰杰遲疑了幾秒後，還是跳上了救護車。

「有沒有七號氣管內管和氧氣？你負責壓胸急救、你建立輸液管路打強心劑，我來插管！」陸辰杰立刻分配工作給兩位救護人員。雖然不知道眼前這人是誰，但從他透露的專業與自信，救護人員沒有異議地聽從陸辰杰指揮。

「我立刻開車！這裡離醫院只有五分鐘，先送到急診室再說！」其中一位救護人員大腳踩下油門，嗚笛出發。

另一位救護人員持續進行心臟按摩，但腹部被玻璃刺穿的傷口持續有鮮血流出，外部加壓的紗布早已濕成一片。「開快一點！腹部傷口一直在滲血，我快壓不住了。」

看到這樣的場景，陸辰杰心中已經有了想法。

「車上有沒有手術刀？給我！」救護人員把救護車裡配備的簡易手術器械遞給陸辰杰，很疑惑眼前這個路人要幹嘛。

只見陸辰杰把三片紗布綁成一長條，接著直接用手術刀把傷患左側胸口畫開。

「欸欸欸！你在幹嘛？不要亂來啊！」救護人員雖然猜到眼前這人應該也是專業人士，但看到陸辰杰的動作，還是驚慌得連忙出聲制止。

陸辰杰沒有答話，一隻手直接伸進切開的胸腔，用剛才綁好的長條紗布把胸腔內的主動脈給綁起來，這才回頭說明：「腹腔的出血必須手術止血，但在此之前，必須先把上游的血管控制住，一分鐘都不能等！目前病人已經失去心跳血壓，這是他唯一的機會！」

他做的正是Dr. J先前在H. O. P. E. 中心裡，替副署長執行過的「開胸心肺復甦與主動脈控制手術」，一般都是在急診室或手術室裡執行的手術，但藝高人膽大的陸辰杰在沒有主動脈鉗的狀況下，用簡陋的工具就在救護車上奮力一搏！

「心跳目前一百四十四下！血壓六十二／三十一！」原本一直線的心率監控器再度出現心跳的波形，救護人員對眼前的景象驚訝不已，這時救護車也順利抵達後送醫院急診室。

「怎麼回事？」急診室人員從救護車接下傷患時，很疑惑就醫途中究竟發生了什麼，兩名救護人員你看我我看你，也不知該怎麼回答，最後只得一起將目光投向陸辰杰。

「腹部穿刺傷造成嚴重出血性休克，還來不及送到貴院，傷患就失去心跳了，我只好先把主動脈綁起來止血，只是救護車上東西簡陋，沒辦法做得很好，不過至少命有救回來，其他部分要拜託你們接手，快點將傷患送去手術室吧！」事出突然，陸辰杰的襯衫、長褲與皮鞋都被鮮血浸濕，雖然樣貌狼狽，卻透露出非凡的自信。

「請問您剛才執行的是『開胸心肺復甦與主動脈控制手術』嗎？」一位高大的年輕醫師從急診室裡衝出來檢視病患，看到傷患左胸口的大傷口，引起了他的興趣。

「是的，你有看過這種手術？」

年輕醫師點點頭。「很多年前我曾經在國外看過，但在臺灣還沒看過，也沒有做過。」

「國外？」陸辰杰抬頭看了看眼前的年輕人，足足比自己高了半個頭，皮膚黝黑、戴著一副粗框眼鏡，若不是身上的白袍，很難想像他是醫師。

「是啊！」年輕人靦腆的笑容和粗獷的外表形成反差。

雖然對眼前年輕醫師的國外經歷有點興趣，但陸辰杰急著想回家把渾身是血的衣服換掉，再加上和對方素昧平生，也不方便多問，原本到嘴邊的話又嚥了回去。

「敢在救護車上直接幫病人開胸止血，這等技術與膽識絕非常人，可以請教您貴姓大名，在哪家醫學中心服務嗎？」年輕醫師露出崇拜的表情。

「雕蟲小技而已，我是誰不重要，病人要活命，後續還得靠你們團隊。」陸辰杰揮揮手，轉頭攔了輛計程車就要離開。

「先生不好意思，我絕對不是要懷疑您的專業與動機，但基於責任歸屬，醫院還是需要記錄一下您的個人資料。」

「這是我的名片，我是外科專科醫師與外傷專科醫師，目前自己開診所。」雖然不想太高調，但陸辰杰也不願為難對方，遞了一張名片給年輕醫師。

「陸辰杰醫師！中央醫院的陸醫師？」年輕醫師看著名片，吃驚地大喊。

「中央醫院……那是好久以前的事了，你認識我？」

「前輩的名聲如雷貫耳啊！我還是實習醫師的時候就聽過您的名號，在中央醫院晉升主治醫師後，三年內迅速成為外傷科主任之下的第二人，人家說沒有您處理不來的外傷病人，後來突然離職，從此無聲無息，您一直是中央醫院的傳奇人物！」

年輕醫師一連串的恭維令陸辰杰有些意外，他不知道自己當年被迫離開中央醫院，後頭還有這麼多故事。

「我也是外科醫師，名叫歐陽奇，今年才剛考過外科專科醫師執照，很榮幸認識您。」

陸辰杰這才注意到對方的裝扮，下半身穿著牛仔褲與球鞋，上半身則是幾乎全新的主治醫師白袍，像極了多年前自己剛升任主治醫師的模樣。

「我也很高興認識你，有機會再好好聊聊！病人在等你救他，快去吧！」說完，陸辰杰頭也不回地離開。

「在救護車上用這麼簡陋的工具執行把胸腔切開控制主動脈出血，原來臺灣也有這種高手，陸醫師果然名不虛傳。」歐陽奇看著陸辰杰喃喃自語著，不知不覺想起自己多年前的經歷……

阿富汗興都庫什山南麓，政府軍與叛軍正經歷一場激烈的交火，雙方都死傷慘重，十幾位傷患陸續被送進當地無國界醫生的基地營。

「歐陽，過來幫我！傷患腹部有七個彈孔，我要把胸腔打開，夾住主動脈控制出血！」

基地營隊長是來自美國的外科醫師，他毫不猶豫地把已經心跳停止的叛軍胸腔切開，一手伸進去夾住主動脈。控制住主動脈後，心跳血壓獲得短暫的恢復，歐陽奇與美國外科醫師接著合力完成開腹止血手術，無論他是叛軍或政府軍，至少此刻這條命是暫時保住了。

「『開胸心肺復甦與主動脈控制手術』是控制內出血的最後絕招，在戰地你必須有獨立完成的能力。」隊長勉勵著剛從醫學院畢業就接受無國界醫生召募，並且派駐最危險戰地前線的歐陽奇，雖然他經驗尚淺，但滿腔熱血的他，很受隊長的信任。

「二十一歲男性，右大腿被炸彈炸傷，目前用止血帶綁住股動脈，血壓一百二十一／七十四，誰能去處理這位傷患？」此時擔架抬進另一個受重傷的軍人，工作人員吆喝著找人幫忙。

「我來！」才剛忙完的歐陽奇立刻又推著手術器械與換藥工作車，三步併作兩步地跑來。

「如果評估後已經沒有機會，就直接進行截肢止血，戰場上幫傷患保命比較重要，醫療資源也必須有效分配。」基地隊長知道這個來自臺灣的年輕醫師充滿熱情，但仍不忘提醒戰場上的現實。

「阿美，可否請妳來一下？右大腿的傷口很複雜，裡頭有許多炸彈碎片，我已經做完清創與止血手術，後面需要妳的幫忙。」歐陽奇處理完軍人的大腿傷口後，呼喊一位年輕護理人員過來幫忙。

「你昨天整晚沒睡，今天又連開兩臺刀，體力撐得住嗎？待會找時間休息一下。」一名叫阿美的護理人員幫傷患包紮時，輕聲關心站在她旁邊的歐陽奇。

「別擔心，我可以的！如果我現在在臺灣，也是沒日沒夜地接受外科訓練，在臺灣當住院醫師的同學都過得比我還充實。」

阿美在基地營很受歡迎，一頭長髮披肩、面貌清秀，臉上總是掛著燦爛的笑容，言談散發自信與善良。各國的工作人員都對美麗能幹的阿美印象深刻，幾位來自歐洲的醫師更毫不掩飾他們對阿美的好感。然而，唯有歐陽奇大男孩般的招牌微笑，深深吸引著同樣來自臺灣的她。

突然「碰！」的一聲巨響，眾人皆往爆炸聲的方向望去，此時，不遠處的森林升起了硝煙。

「叛軍越來越接近了！」戰火逼得如此近，讓基地營裡人心惶惶。

隊長沉著地安撫大家：「無國界醫生是中立組織，無論政府軍與叛軍兩方，我們都提供救援，大家只要待在基地營裡，就不會受到傷害。」

「孩子們怎麼辦？」從衛星定位上，阿美認出爆炸的位置附近是一所小學，她除了在無國界醫生組織擔任護理工作，也常到那所小學教孩子認字與算數，和他們感情深厚。

「我去把孩子們接回基地營！」這時歐陽奇又跑第一，他拿起卡車鑰匙就往外衝，在戰地生存的一項重要技能就是開車，好幾次都是靠他在槍林彈雨中接送傷患或載運補給品。

「你千萬要小心，子彈不長眼睛，你一離開基地營就沒有人能保護你。」雖然心繫著那些孩子，阿美內心卻希望他不要去。

「沒事的！我大約一個小時就回來，幫我留一份烤羊肉。」歐陽奇仍用他那招牌的陽光笑容回應。

儘管分離只有一個小時，卻可能是天人永隔，阿美忍不住握住歐陽奇的手。面對阿美突如其來的動作，他收起笑容嚴肅地說：「等這次任務結束，我想先回臺灣接受正統的外科訓練，等學成後再回來貢獻所長，妳願不願意陪我？」

阿美眼角泛著淚，一句話也說不出來。

「欸！我這是告白耶！回答一下嘛！」雖然情勢緊張，歐陽奇的活潑讓氣氛緩和許多。

「少白痴了！」阿美被他的話給逗笑，輕鬆地說：「卡車的油已經加滿了，快去快回吧！」

「那就講好了喔！」離去前，歐陽奇回頭對阿美笑了笑。

看著歐陽往卡車跑去的身影，阿美點點頭，喃喃道：「一言為定。」

在隆隆的砲火聲中，歐陽奇在倒塌的學校禮堂中，找到躲在磚瓦底下瑟瑟發抖的孩子們，將他們接上卡車後，便全速往回衝。然而回到基地營時，只見炸毀的屋舍與屍橫遍野，倒臥在血泊中的隊長已經死亡，地上有幾具燒得面目全非的女屍，他分不出哪一個是阿美。

陸辰杰做的「開胸心肺復甦與主動脈控制手術」，把歐陽奇的思緒短暫地帶回當年那個地方。但他立刻回到了現實，接手工地工人的後續手術。

「阿美，我已經完成外科訓練，該重回戰地了，妳還願意陪我嗎？」歐陽奇輕嘆一聲，走進手術室。

10

「晚安，Dr. J和Dr. S，歡迎回家。」

某天深夜，陸辰杰和方璇接到任務召集，於是穿過威秀影城九號廳下的祕密通道來開會。一進入H. O. P. E.中心，一個溫柔的女性聲音向兩位核心成員問好。

「是誰在講話？」Dr. J有點疑惑。

「你們覺不覺得，Dr. F的聲音變得更好聽了？」Dr. C坐著輪椅，從電腦控制中心過來迎接他們。

「謝謝Dr. C的誇獎，比起聲音，我更希望與幾位併肩作戰。」輕柔的女聲的確比剛開始的機器人聲更加悅耳。

「由於H. O. P. E.中心的戰略角色已進入中央層級，我們得到了一筆特別預算，希望計畫2.0預計在幾個月內全面升級，今晚我要展示的就是Dr. F的強化版本！」

想起上一次的經驗，Dr.J忍不住開口：「AI雖然厲害，但要替外科醫師決定治療方式，我覺得還是冒險了一些。」比起依靠電腦判斷，他對自己的技術有著絕對的自信。

「自我修正：目前針對因腹腔大出血造成之心跳停止，『開胸心肺復甦與主動脈控制手術』的成功率約為百分之三，替代方案亦可使用『主動脈氣球阻斷法』，全球五大醫學資料庫的相關文獻如下……」

有了上次的經驗，這段時間Dr.C忙著修正軟體，替Dr.F做深度學習訓練，讓她變得更靈活，面對Dr.J的疑慮，Dr.F立刻唸出了她的自我修正報告。

「我同意AI沒辦法取代有經驗的外科醫師，上回Dr.J的精采表現已經印證了這一點，所以我把各種外傷的可能狀況與即時變化，都加入Dr.F的數位神經系統裡，建議可以更精準。」Dr.C補充道。

見兩人意見相左，Dr.S趕緊出面緩頰：「不如把Dr.F當作助手，在緊急狀況下幫我們注意每一個可能錯過的小細節，就像我在判讀影像時，也可能出現盲點，若有另一個人來提醒我，也未嘗不是壞事。而且透過Dr.C的匠心獨具，她已經不再是電腦軟體，更像H.O.P.E.中心的一份子！」

「這個更厲害，妳的手指借我一下。」

Dr. C把Dr. S的手拉到某臺儀器前。儀器伸出一根細針，將Dr. S的手指刺出一滴鮮血，Dr. S輕輕「噢！」了一聲。此時電腦螢幕已同步顯示出她的各種生物特徵與檢驗結果。

「只要少量的生物檢體，Dr. F就能進行即時毒物與藥物分析，還記得當年我們把雷龍的細胞送到美國，才化驗出裡頭的特殊酵素，現在她可以和全世界任何一個實驗室的資料庫連線，光是一滴血就可以知道很多事。」

「看起來你在改善系統上下了很多工夫。」即使對AI不能完全信任，Dr. J還是不由得讚嘆Dr. C對H.O.P.E.中心付出的心血。

「Dr. F還有另一個重要功能——『角色扮演人物創造』。」

「角色扮演人物創造？」Dr. J和Dr. S幾乎是異口同聲發出疑問。

「哈哈！這個名詞當然是開玩笑的，但意思上就是如此。當初H.O.P.E.中心成立的原始任務是為了提供緊急醫療，然而後續的照護、追蹤甚至復健，不可能在這裡進行，總不能叫病患每週來臺北市政府地下室看診吧！這些病人後來都去哪了呢？」

Dr. J點點頭，說：「之前在H. O. P. E.中心開刀的女記者曾經來我的診所追蹤過，不過那是因為她可能猜到了Dr. J的真實身分，其他傷患我倒還真不知道後來怎麼了。」Dr. J說的是周雪蓉。

「H. O. P. E.的醫材與藥品都是獨立進口與設置，不會留下任何紀錄。當病人從H. O. P. E.『出院』時，Dr. F會根據病人的基本資料與社經關係，『創造』出合理的病史與醫療史，並且駭入任何一家醫院的病歷系統覆寫資料，這樣無論病人後續在哪家醫院追蹤，接手照護的醫師都不會起疑。」Dr. C按了按鍵盤，「舉例來說，當年羅局長曾被邱世郎的手下刺傷，在H. O. P. E.中心接受Dr. J的治療，由於羅局長長期在東城醫院看病，Dr. F就覆寫了他在東城醫院的病歷。」

螢幕上顯示出東城醫院電子病歷系統的登入畫面，Dr. F不到一秒就登入成功調出羅志豪的就醫紀錄，上頭顯示此病患曾在新加坡發生車禍，接受治療後返國，東城醫院的胸腔外科醫師也根據這個紀錄做後續處置。

「意外事故與治療都在國外，誰能查得出真假呢？」Dr. C得意地說。

「所以Dr. F可以幫病人創造病史，Dr. F說他是什麼病，紀錄上就會呈現什麼病？」Dr. S敲敲自己的額頭，對這一切感到不可思議，也佩服Dr. C的深謀遠慮。

這時，Dr. F輕柔的嗓音響起：「應該說，在病歷資料全面電子化後，每個人的健康狀況就是資料庫裡的數位代號，我可以修改或創造任何一個代號。」

「以上是軟體的升級，硬體我還在努力。」Dr. C駕著電動輪椅在H. O. P. E.中心裡轉來轉去，興奮地向Dr. J與Dr. S訴說他的願景。

一直靜靜聆聽的Dr. J這時開口：「我有個問題，不知道是不是我多慮，雖然工作人員的身分是最高機密，但當我們在H. O. P. E.中心執行任務時，有人能保護我們不受攻擊或干擾嗎？既然號稱戰術反恐醫院，希望計畫2.0有沒有武裝防護方面的強化？」

「哈哈哈！Dr. J真的太多慮了。這裡是臺北市政府地下五樓，全臺北市沒有地方比這裡更安全，除非是恐怖份子發射飛彈，否則哪個歹徒有辦法攻進臺北市政府呢？H. O. P. E.中心的成立是承襲自美國國防部五角大廈裡祕密醫院的概念，誰有膽子敢攻擊五角大廈啊！」Dr. C大笑了幾聲，顯然對固若金湯的H. O. P. E.中心相當有自信，不過他立刻又換上一副沉吟的表情，「倒是我最近一直在思考，目前H. O. P. E.中心的功能還是偏向防守與支援，或許可以提升戰略角色為主動出擊。」

「什麼意思？我們只是醫師，就算換了機構、取了代號也一樣，難不成要我們上街抓賊？」Dr. S不懂他的意思。

「當然不是，可是兩位想想，每當我們接到任務召集時，總是在H. O. P. E.中心裡等待傷患送來，但搶救外傷的黃金時間可能是在事故現場或就醫途中，如果我們的救援可以提前呢？是否可以避免上次副署長被送到H. O. P. E.後，因為失血過多而心跳停止的狀況？」

Dr. J想起前幾天在街上遇到的大量出血傷患，陸辰杰的確是在送到醫院前，就在救護車上執行開胸主動脈控制手術，如果當時等到將傷患送到醫院才開始治療，就又晚了幾分鐘，恐怕救不回來。

這時，Dr. J注意到車道入口，有一大片被木板隔住的施工區，據他的印象，之前是擺放備用氧氣瓶的雜物區。

「那是什麼？」

「先容我賣個關子，等到建置完成，一定令大家驚豔！」

11

「議座，這是下週一公聽會的資料，包括最後一戶拒絕都更的住戶聲明文件，還有我們主打支持居住正義、土地平權與城市印象的參考佐證，照目前網路上的風向來看，應該可以獲得輿論的同情與支持。」助理將一疊文件交給松山區議員駱建雄，他先前接受民眾陳情，全力阻擋了一個由建商主導的都更案。

「嗯……公聽會取消，幫我跟住戶說這個案子我幫不上忙，而且站在城市進步與美觀的立場上，基本上我不反對都更。」駱議員揮揮手，對助理拿來的資料看都不看。

「為什麼？我們努力了好久，現在立場突然轉變，要怎麼跟託付的選民交代？」

對於議員的態度，助理既疑惑又著急。

議員沒有回答助理的問題，不發一語地走回辦公室把門鎖上，打開一封前天晚上收到的匿名電子郵件，上頭鉅細靡遺地記載了駱建雄這兩年來的就醫紀錄，包括糖尿病、高血壓、中風過兩次，還因為心肌梗塞做過心導管手術。信件最後，警告他不要插手這件都更案，否則要把他的健康狀況提供給他所屬的政黨，如此糟糕的健康狀況，將不利於他爭取黨內提名參選下屆立法委員。

甫收到信件時，駱建雄怒不可遏，打算直接找醫院興師問罪，居然將病人的病歷外洩。但他認真看了內容，發現沒那麼單純，他在不只一家醫院接受過治療，卻全部被對方掌握，這代表不是單一醫院的內部疏失，而是有系統地對付他。

遠心集團的週一例會，投資部協理喜孜孜地報告：「長春路的都更案有重大突破！原本最後一戶釘子戶找了駱建雄議員撐腰，我們本來已經做好要打法律戰跟輿論戰的準備，結果在公聽會前議員突然縮手，轉向支持都更，這對我們絕對是好消息！」

此話一出，所有幹部皆議論紛紛，大家都在猜測何以先前百般阻撓的民意代表，短時間出現態度一百八十度轉變。

羅宇峰做了個不置可否的表情，淡淡地說：「既然如此，那就全面進攻吧！找拆除大隊把釘子戶給處理掉。」

不同於每次會議充滿肅殺之氣，今天的開會氣氛相當熱絡。財務部協理也趁著這個勢頭，報告了另一個好消息。

「本公司向四大銀行聯合融資的申請案，目前也有進展，原本金管會有意見，即使補件多次都不同意，就在昨天下午，四大銀行的代表告知金管會突然放行，這對本公司明年資金的調度也大有幫助！」

「金管會主委吃錯藥了？之前立場那麼硬，堅持遠心集團已經壟斷大部分市場，所以不讓我們融資，怎麼才過幾天就突然改變立場？財務部的同事怎麼說服他的？還是你們抓到主委什麼把柄？」見會議氣氛輕鬆，其中一位幹部忍不住調侃了幾句。

「不是吃錯藥，是講錯話就沒藥吃。」羅宇峰突然開口，說了一句大家都摸不著頭腦的話，眾人雖然疑惑，但總經理沒多解釋，也沒人敢再問。

金管會主委的小女兒從出生就患有一種先天肌肉萎縮症，必須持續服用昂貴的罕見疾病用藥，長期都是依賴健保專案補助，否則天價的藥品費用，再怎麼有錢都撐不了多久。遠心集團取得全民健保的獨家經營權後，從資料庫裡發現這件事，立刻凍結了這項藥品的給付。

金管會主委也算是有頭有臉的人物，在連續請領費用失敗後，氣得透過關係直接找上健保署高層。

「審核程序有問題嗎？為什麼這兩個月的理賠金遲遲不下來？」

「呃……這個我們也很為難，自從申請理賠方式改為由民眾先自付醫藥費，再持收據向健保單位申請後，整個程序就變得複雜與耗時。我們已經接到非常多民眾抱怨，先墊支藥費造成不小的經濟負擔，後續請領理賠又不順利。可是這是遠心集團高層的策略，自從健保交由遠心經營後，就緊縮了各種醫材與藥品的給付條件，令嬡的罕見疾病用藥極其昂貴，審核期會非常長……」這位官員也是金管會主委的舊識，一臉為難的回答。

當晚，金管會主委就收到一封郵件，上頭直接挑明要他對遠心集團的融資案放行，否則女兒的藥費將遙遙無期。由於兩件事的關聯性太明顯，即使是匿名郵件，他也清楚一切都是遠心集團在搞鬼，竟然用女兒的健康來威脅他。然而迫於無奈，他沒辦法放著女兒的健康不管，公開揭發此事，只得一改先前反對的立場。

掌握了每個人的健康資料，就等同於掌握了每個人的祕密；把持了醫療資源的供應權，也等於掌握了這個國家大部分人民的生殺大權。遠心集團得到全民健保獨家經營權後，公司的投資、併購與發展無往不利，即使有反對的聲音出現，最後都會突然不了了之，甚至轉向支持。

遠心集團總部的頂樓辦公室，羅宇峰正和一群高階主管開完會，他們剛標下民生東路一塊價值連城的空地，原本的地主開了個遠高於行情數倍的價格，低於這個價就不肯出售，昨天中午卻突然急急忙忙地表示願意立即辦理過戶，售價也回到原本的行情。

眾人雖然驚奇，仍不忘連聲恭賀總經理鴻運當頭。等到辦公室只剩下羅宇峰一人，他打開電腦，螢幕另一端浮現出蕭磊的臉。

「我還沒回臺灣前，聽我老爸說以前有個宇海集團控制了臺灣大部分的醫院，和他們總裁作對的人就會因為得不到醫療絕望而死。遠心集團在我的經營之下，可以兵不血刃，只要按按電腦就讓對手俯首稱臣！我相信不出幾年，就能打造出夢想中的遠心王國，我實在太佩服自己的聰明才智了，居然想出這麼高招的計畫！這一切都要感謝蕭老師你！」

「嘿嘿嘿～遠心集團要怎麼發展是你的事，別忘記對我的承諾就好。」

「四大銀行聯合融資案剛通過，遠心集團就有足夠的資金推動內湖開發案，包括遠心醫院和周邊商場，都跟先前宇海集團提出的內容完全一樣，只是我一直不了解，蕭老師您不像是對企業經營有興趣的人，為什麼會那麼執著要我來完成這個案子？」

「能讓你賺大錢也是好事，但我在乎的不是這個，而是這案子是我對自己的承諾，也是我最重要的朋友的遺願。」蕭磊聳了聳肩，對羅宇峰的疑問不置可否，只是盯著牆上遠心集團內湖開發案的草圖出了神。

「話說回來，蕭老師你這個藥真厲害，原來當聰明人這麼有趣，我看我是回不去了，應該不會斷貨吧？」羅宇峰說著，從口袋拿出紅色藥丸，灌了兩口可樂把藥吞進去。

「只要保持合作，幫我完成計畫，你就會有源源不絕的聰明藥可以吃。目前全世界只有我有CE－β的配方，芝加哥大學實驗室那邊的藥方與藥物原型，在我離開前都被我銷毀了。」

「CE－β？」蕭磊給他吃的紅色藥丸徹底改變了自己的人生，而他直到今天才知道這個藥的名字。

「對，你現在吃的是第二代，是從Cerebral Enhancement alpha大腦強化藥物第一代改良而來，CE－β的智力提升效果是第一代的三倍，也是我在芝加哥大學的SMART實驗室的研發成果。」

「這個藥吃多了會不會怎麼樣啊？」

「嘿嘿嘿～CE－β的副作用，就是會太聰明！」

兩人相視大笑，不和諧的笑聲裡透露出羅宇峰的狂傲與蕭磊的陰沉，形成強烈對比，令空氣中充滿詭譎。但蕭磊沒說的是，佘小曼的恩師、CE－α共同發明人卡明斯基教授，在蕭磊離開實驗室一個月後，就發瘋舉槍自盡了。

「報告總編，網路論壇上的網友對健保制度的改變，幾乎都是一面倒地批評，認為給付條件變得很嚴格，而且審查時間拉長，會造成經濟負擔。」

報社編輯室裡，總編周雪蓉正與記者們開會，收集民眾對於新的全民健保制度的意見與實地訪查，打算針對遠心集團全民健保獨家經營權開始後的社會變化，做一系列專題報導，結果正反意見都有。

「根據我去基層診所採訪的結果，民眾最直接的抱怨是，必須由他們自己向保險公司請領給付，這跟以前官辦全民健保時代，由醫療院所向健保署請領給付完全不同。」

另一位記者開口：「我查過各先進國家的保險制度，幾乎也都是民眾直接對保險公司，醫療院所僅提供服務，不介入費用的部分，所以我倒是持正面看法。」

周雪蓉對其中一位記者指示道：「去多訪問幾位醫療改革與監督全民健保的專家，聽聽他們的意見。」

記者面露難色的回答：「我已經試著聯繫幾位大砲型學者，奇怪的是，他們不是拒絕受訪就是沒有意見，甚至有幾位還表示全力支持遠心集團。」

記者的回報令周雪蓉大感意外，會議結束後，周雪蓉一個人看著各方資料，喃喃自語道：「民怨如此高漲，居然沒有人敢監督，真的太奇怪了……」

她繼續細看遠心集團取得健保經營權的過程，想起自己先前關注的幾起謀殺案，兩相比對之下，似乎有些什麼拼湊了起來。

「遠心集團剛取得政府標案，健保署副署長就遭到死亡攻擊，卻又奇蹟似的起死回生，這種消息，只能騙騙外行人！」周雪蓉摸摸肚子上的手術傷疤，拎起背包就衝了出去。

12

仁愛路巷內的法式甜點店，周雪蓉拉著陸辰杰坐進最角落的位置。

「這整件事都很奇怪，你不好奇嗎？」

這天下午，陸辰杰的門診結束得早，一走出門就見到周雪蓉守在門口，硬是要帶他去一家法式甜點店喝咖啡。而從診所走來餐廳的路上，周雪蓉一直吱吱喳喳說著她的最新發現。

「上次來找你時，我有提到正在注意一連串可疑的命案，那時我還看不出彼此的關聯與幕後黑手，直到最近我開始做全民健保重啟的專題報導時，才發現遠心集團這家公司大有問題！」

「哦？」陸辰杰喝了一口水，相較於周雪蓉的義憤填膺，陸辰杰倒是顯得冷靜，雖然內心也感到好奇，仍刻意壓抑自己的反應。

周雪蓉攤開這段時間調查的資料，有些是先前已經給陸辰杰看過的內容，但這次又加上許多自己的發現與註解，「首先是遠心集團爭取全民健保經營權的目的，全民健保就是因為連年虧損才倒閉的，所以我打從一開始就不相信遠心集團的廣告詞：『健康之前，人人平等』……」周雪蓉說到這，冷哼了一聲，「一定是有什麼盤算，否則不會願意投入幾百億到倒閉的全民健保裡。」

「這純粹是妳個人臆測吧。」

周雪蓉不理會陸辰杰的冷淡反應，繼續說：「第二個疑點是遠心集團總經理羅宇峰，他的崛起根本是現代傳奇嘛！遠心集團這麼多年來，都沒聽說有過如此出色的接班人，業界一直盛傳他當年就是因為不成材整天惹事，才會被送到國外，怎麼沒幾年回國就能接掌這個大企業，還搞得有聲有色。我是不相信什麼『浪子回頭金不換』這種事啦，裡頭一定有什麼內情是我們不知道的！」

「或許妳真的想太多了，彷彿任何事在妳心中都有陰謀。」Dr. J 雖然是醫治周雪蓉的主治醫師，然而現實中的陸辰杰與她其實不算深交，只是憑著過往的印象，認同她對新聞獨特的敏銳度與正義感，然而聽周雪蓉這一連串幾乎算是捕風捉影的推論，陸辰杰開始覺得有點過頭了。

「第三個疑點，我保證你會大吃一驚！遠心集團取得全民健保經營權的過程，死了好多人！」

「妳有查出什麼嗎？」聽到有人因此死亡，陸辰杰嚴肅起來，做出「願聞其詳」的表情。

「衛福部將全民健保的業務公開招標，徵求願意承接的私人企業，從投標到決標當中，幾個關鍵人物都死於意外或謀殺，這絕對不是巧合。在新生南路巷口被撞死的南安人壽高階主管，是主導南安人壽和遠心集團競標的主要操盤手；在電視臺地下室被搶匪殺害的財經記者，調查到遠心集團浮報盈收，這個報導如果揭露，恐怕會影響投標資格；東大財經系教授居然在自家浴缸淹死，他的研究論文向來主張醫療保險不可以被單一企業壟斷……」周雪蓉把資料堆了滿桌，上頭畫滿紅色綠色箭頭，最後共同指向遠心集團。

「所以妳認為是遠心集團派人殺害他們？我欽佩妳對社會的熱忱跟新聞敏銳度，但這麼嚴厲的指控必須有證據，否則就只是臆測，說不定真的只是巧合。」

「那這件事總不是巧合了吧？健保署副署長在九月七日遭受死亡攻擊，前一週衛福部才公布全民健保的獨家經營權由遠心集團標下，副署長在這當中扮演什麼角色你知道嗎？他不但可以知道每家投標公司的出價，當得標公司要接管時，所有重要的機密交接都得經過他，所以除掉副署長是遠心集團伸手全民健保最重要的一塊拼圖！」周雪蓉激動地比手畫腳，結果把咖啡打翻在裙子上。

周雪蓉趕緊拿起餐巾紙往腿上擦，陸辰杰也直覺地將濕紙巾遞給周雪蓉，兩人的指間不經意地碰觸後，也幾乎同時縮回。

「不好意思！」陸辰杰有點尷尬地笑了笑。

「幹嘛不好意思？是我失禮才對……我去一下洗手間。」

周雪蓉起身離開座位，留下陸辰杰一個人楞楞地發呆，不知道是在思索周雪蓉提出的各種質疑，還是剛才那一幕……

周雪蓉再度回到座位，情緒緩和不少，她對著陸辰杰微微一笑，陸辰杰這才回過神。

「陸醫師，你覺得我的分析有沒有道理？」

「或許有，不過我給妳一個建議，這跟當年邱世郎的案子一樣，妳應該把資料交給檢警調查。況且我只是個診所的小醫生，妳告訴我這些也無濟於事。」

「那副署長遇襲後奇蹟般的得救，應該與你有關了吧？親愛的Dr. J。」

原本神色自若的陸辰杰聽到這句話，身形微微一震，這個小動作完全沒逃過周雪蓉的法眼。

「這麼重要的大官遇襲，是誰幫他治療呢？就醫過程還神祕兮兮的，一定有什麼不想讓人知道的事。但我透過一切關係，就是查不到相關紀錄，想必是有某家神祕的醫院接手了這個任務吧！況且，這不是普通的搶劫殺人，而是典型職業殺手的手法，放眼當今臺灣，有辦法起死回生的只有兩個人，一個是已經去開業不過問世事的陸醫師，一個是隱身不出的當世高手Dr. J，這種劇情，簡直跟武俠小說一樣迷人！」

「妳硬要把不是我做的事說是我做的，我也無話可說。但遠心集團的事我是看新聞才知道，副署長的手術也跟我無關。」

「我就知道你會這樣說，遠心集團總經理羅宇峰已經同意，讓我下週一去他們集團總部採訪，或許可以問出什麼線索。我想親眼見見這位業界的傳奇人物，幾年前還被認為是扶不起的阿斗，為什麼從美國回來後就脫胎換骨，把遠心集團業績帶到史上最高。」

「妳明知道他是危險人物，為什麼還要去接近他？若妳的假設是正確的，那報導對他不利的新聞，妳豈不是會有生命危險……」陸辰杰忍不住擔憂起來。

「我可是人稱新聞界裡打倒巨人的大衛王，別忘了當年宇海集團邱世郎就是栽在我手上，有我在前面衝鋒，Dr. J在後方保護我，我們就是完美搭檔！不如趁此機會，讓我加入你們的團隊……」說到這，周雪蓉用腳踢了一下陸辰杰。

陸辰杰被周雪蓉的舉動嚇了一跳，不知該怎麼回應，只能看著窗外，不點頭也不搖頭，心裡卻在思考她這個動作的用意。

這時陸辰杰電話響起，方璇下午在健身房運動，繞去診所沒遇到他，所以打來問他在哪裡。

「我出來辦點事，馬上就回去了，等我一下。」陸辰杰有點心虛地站起來，邊講電話邊結完帳後，逕自走出餐廳，向左大步走回診所。周雪蓉也一句話都沒說，向右走叫了一輛計程車。

回到診所，護理師已經下班，只剩方璇一個人在整理東西。

「你剛去哪裡？護理師說今天病人不多，你很早就走了。」

「是啊，難得事情少一點，我去咖啡廳坐了坐。」

「怎麼沒找我？你明知道我在附近運動。」

「我也不知道妳什麼時候結束，下次我會記得告訴妳的。」陸辰杰回答得心不在焉，分神思考著周雪蓉告訴他的案情。在H.O.P.E.中心他只專心負責手術，現在這麼一聽，才覺得裡頭的內情頗耐人尋味。

「前不久我收到H.O.P.E.任務召集，幫健保署副署長緊急手術，妳記得嗎？」一起回家的車上，陸辰杰問方璇。

「記得啊！你說那天Dr.C展示給我們看的AI系統，給了你一系列治療方法建議，結果手術開始前心跳突然停止，你用『開胸心肺復甦與主動脈控制手術』才把副署長救回來。雖然那天沒有召集Dr.S，不過光聽你描述，就可以想見當時的危急，能把傷患從生死一線救回來，我真的很替你驕傲。」

「那天手術後的任務彙報，沒有提到兇手動機，只說還在調查，不過這件事恐怕牽涉範圍很廣，據說……可能跟遠心集團有關。」

「遠心集團？最近很受矚目的保險公司？你怎麼知道的？」

「網路上有許多小道消息，把幾宗謀殺案的共同點串了起來，其中也包括副署長的案子。」

「網路上的言論真真假假，你還是少看那些捕風捉影的陰謀論文章吧！」方璇知道陸辰杰很常逛某些談論陰謀論的論壇，忍不住唸了他幾句。

突然，與陸辰杰手機藍牙連線的車內螢幕顯示「Snow」來電，卻即刻被他按下拒接。

「Snow是誰？為什麼不接？」

「一定又是電話行銷問我要不要貸款，沒什麼好接的！」

「你為什麼會把電話行銷的號碼存進通訊錄？」

沒等陸辰杰回答，Snow又再度來電，這時陸辰杰的表情開始顯得有點不自然，不知道該接還是不該接。

「接吧！說不定是重要的事。」方璇溫柔地說。

陸辰杰只能尷尬地按下通話鈕，周雪蓉的聲音立刻傳來。

「陸醫師，我是雪蓉！剛才走得太匆忙，忘了謝謝你今天請客，下週我再帶你去另一家甜點店，順便跟你講我採訪遠心集團總經理的結果。」

「嗯……不好意思，我在開車，現在不方便聊。」陸辰杰支支吾吾，想快點中止談話。

「沒關係，下星期我還是會去診所等你的。今天這家餐廳，比你太太找的精緻多了吧？」

陸辰杰連忙掛上了電話，方璇瞪著跼促不安的陸辰杰。

「周雪蓉？那個女記者？我不知道你們私下有來往，為什麼不敢接她電話？」

方璇越想越氣，把車子停在某個路口後，就直接開門下車，「你自己先回家吧！」

方璇頭也不回的往前走，任憑陸辰杰怎麼叫她也不回頭。

13

周雪蓉經過重重門禁，終於在祕書的帶領下，來到遠心集團頂樓，羅宇峰已經在總經理辦公室等她了。

「謝謝羅總接受我的採訪，訪談大綱先前已經交給您的祕書，今天我會照訪綱進行，採訪內容在刊出前也會給您過目，如果有疑問，請不要客氣，盡量提出。」

「周小姐您太客氣了，我知道許多民眾對於全民健保委託給私人企業經營還有疑慮，外界也有些對遠心集團的謠言，今天的採訪正好讓我向全國人民說明遠心集團的理念。」雖然是接受專訪，羅宇峰仍是不改其美式作風，一頭金髮搭配帽T與牛仔褲，然而言談透露出穩重與自信，很難和這身打扮聯想在一起。

「我想從您求學時期談起，關於您的傳奇故事太多了，光是用『浪子回頭』或『少主中興』都不足以形容這種戲劇性，居然一夜之間從揮金如土的富家大少爺，搖身一變成為頂大高材生。」這次採訪前，周雪蓉做足功課，還透過關係越洋採訪了羅宇峰在國外讀書時的同學。

「呵呵，看來妳真的是有備而來，連我美國那些老朋友都被妳找到了。確實，我曾有過一段迷失自我的歲月，不過人生的有趣就在於不知道什麼時候會轉彎，改變永遠都不嫌晚。在美國讀書時，有一天我突然覺悟，只要發自內心想要振作，很多事就會不一樣，所以我花了些時間補足自己浪費的青春，不辜負父親對我的期待。」羅宇峰這番話說得既誠懇又真情流露。

接著羅宇峰又分享幾個他在美國遇到的故事，包括見到中國城裡為了餬口而被壓搾的非法移民，還有因為沒有醫療保險，只能眼睜睜看著孩子病死的黑人家庭，都讓他感恩自己的父親願意栽培他，也啟發了自己回國發展「醫療平權」的宏願。一番談話下來，周雪蓉覺得羅宇峰的思緒清晰、口若懸河，即便對他有先入為主的成見，也不禁動容。

「接下來，談談您回國擔任遠心集團總經理的部分吧！雖然是必然的接班人，可是畢竟還算年輕，又從國外回來直接空降主管職，您是如何讓員工對您心服口服的呢？」

「剛回國的時候，的確公司裡的長輩們對我不太放心，不過我有一個專長，就是對數字有特別的敏銳度，每份損益報表只要花幾分鐘就能看完，而且能找到很多表象之下的錯誤，久而久之，大家也認可了我的能力。他們以前覺得我難搞，後來就知道，與其出去被客戶修理，還不如在內部會議中先檢討。」

無論再怎麼折服於羅宇峰的魅力，周雪蓉仍沒有忘記此行最大的目的，前面都是客套地你來我往，現在，訪問要進入正題了。

「我個人對您最大的好奇，是在於爭取全民健保經營權這部分，照遠心集團目前的發展，獲利已經遠超過競爭對手，何以願意投入資金來經營一個被視為錢坑的公共事業？」

「我的理念是：健康之前，人人平等。在美國我看過很多窮人，因為沒有醫療保險而失去生命，覺得臺灣這麼好的制度倒閉實在太可惜。這當中當然有許多弊端，我認為，或許私營企業比較沒有選票壓力，改革起來比較容易，短期或許會有民眾抱怨，但我相信長期來看，是可以有效減少醫療資源浪費的。」羅宇峰的回答四平八穩，一點破綻也沒有。

「但遠心集團畢竟是上市公司，就算您有如此偉大的理想，若沒有獲利，如何對股東負責？這不只是我個人疑問，也是許多網友的疑問，大家都想知道遠心集團經營全民健保的獲利模式。」周雪蓉的問題客氣但犀利，她壓根不相信遠心集團會為了社會福利而投入巨額資金。

「嗯……這是個好問題，做任何事當然都有目的，但這個目的未必是金錢，有許多好處短時間或許看不出來，但未來一定會慢慢浮現。不過投資人也不用擔心，遠心集團本身的業務量，已經可以令股東滿意。」

羅宇峰似笑非笑的表情，讓周雪蓉猜不透當中的意思，她不放棄地追問：「可以請您深入一點談所謂的好處嗎？是否指的是社會影響力？」

這時，訪問突然被敲門聲打斷，祕書端著兩杯可樂進來。

「不好意思，美國待久了，我只愛喝可樂，周小姐如果不喜歡，要不要喝杯咖啡或熱茶？」羅宇峰說著，從口袋拿出一顆紅色藥丸，配著其中一杯吞下去。

周雪蓉搖搖手，跟祕書要了杯水後，繼續問道：「據我所知，遠心集團爭取全民健保獨家經營權的過程，並非完全沒有阻力，可否談談您是如何克服這些困難。根據我的調查，有許多和這個案子有關的人物不約而同發生意外，包括遠心集團的競爭對手南安人壽主管、揭露遠心不實財報的財經記者、還有反對財團經營的東大教授……網路上已經有流傳遠心是幕後黑手的傳言，羅總要不要利用這個機會澄清一下……」

「一件事情的推動，總是有人贊成有人反對，如果因為有人反對，就不去做正確的事，那失去了企業的社會責任。身為掌握資源者，能夠做的就是誠意溝通，讓反對者不再反對。」前半段回答得四平八穩，後半段卻耐人尋味。

「健保署副署長前不久遇襲，他的工作職掌與遠心集團接管全民健保有直接相關，有些網友也認為這件事與遠心有關，不知羅總怎麼看？」

「副署長的事我很遺憾，業務交接上需要他的指導，我有託人表達關心，等康復後，再請他擔任顧問。」羅宇峰四兩撥千金地淡淡帶過，突然話鋒一轉，「周小姐真是我見過準備最充分也最有勇氣的記者了。不過網路上和遠心集團相關的討論我全部看過，都沒有您所提的相關指控，我相信這都是您的個人推測，再借網友之名來強化提問正當性。容我提醒您，有些非事實的報導，請特別小心，以免之後惹禍上身。」

「當然！記者的職責就是揭露事實，我一定會善盡調查的職責。」周雪蓉也不甘示弱地回答。

「我只能說，沒有任何證據顯示跟遠心集團有關。況且，檢調應該會比媒體更想知道答案，至少到目前為止，還沒有檢調單位找上我，不過，我一定都會配合調查的。」

這時，辦公室電話響起，祕書表示下一個時段訪客已到。

羅宇峰露出禮貌的微笑，「不好意思，我等一下還有行程，後續還需要什麼資料，請與我的祕書聯絡。」

「謝謝您接受採訪，如有冒犯還請見諒，最後，不知道可否幫您拍一張照片？」

「好啊！我最喜歡拍照了，幫我把這支手錶也拍進去吧。」

羅宇峰站在自己的王國之中，側臉四十五度、嘴角微微上揚，左手撐住下巴作出沉思貌，這是他在ＩＧ自拍的招牌動作，能讓金耳環與手上的限量腕錶都入鏡。

姿勢剛擺好，羅宇峰又有電話響起。周雪蓉向後坐回沙發、放下相機，等他講完電話。當羅宇峰轉身講電話時，周雪蓉瞥見沙發底下有顆紅色藥丸，她想起稍早羅宇峰從口袋中拿出了同樣的藥丸，又想到之前在電話中採訪羅宇峰在美國的前女友Maggie，曾說過一段話：「峰少的轉變真的是一夜之間！我們都懷疑他是不是有嗑藥……」心念電轉間，她不動聲色地把藥丸撿起，放進背包。

羅宇峰講完電話，周雪蓉已不見蹤影，祕書告知周雪蓉說不想打擾總經理忙碌，已經送客到一樓。

辦公桌上的電腦螢幕突然亮起，蕭磊在視訊畫面的另一端說道：「小心那個記者，看起來應該知道些什麼，她以為自己很聰明……」

「可是沒有我們兩個聰明，哈哈哈！」

「可是沒有我們兩個聰明，嘿嘿嘿！」

羅宇峰和蕭磊幾乎是同時間發出詭異的聲音，一個高亢一個低沉，迴盪在空蕩的辦公室中。

14

H.O.P.E.中心的六角形會議桌上，核心人物終於全員到齊，Dr. C、Dr. J、Dr. S、臺北市長杜振忠、臺北市警察局長羅志豪，原本檢察官的位置現在也有了一個新面孔。時隔多年，六個座位的燈號終於再度全部亮起。

會議開始前，市長先介紹新成員：「由於此次案件涉及中央層級，因此總統的幕僚長趙偉智先生，將代表總統加入H.O.P.E.，之後將可以直接對警務與醫務體系下達指令。」

戴著口罩、只露出雙眼的趙偉智微微點了點頭，沒有多說話，便以眼神示意羅志豪開始今天的任務簡報。

「先前我們推論，副署長遇襲是有計畫的謀殺，並且是專業的殺手集團所為，目前調查有了初步進展。」他指著螢幕上一張張表格與案發現場照片，「在徹底調查現場後，基本上確認不只一人犯案：副署長家亂得一塌糊塗，警報系統和監視器都被破壞；附近鄰居說，有聽到像是打架的聲音，但不確定是什麼事，所以不敢開門；然而現場雖然混亂，卻不是一般的打劫，副署長的筆記型電腦被歹徒拿走，但他收藏的許多名錶都沒被偷，只有一只價格中上的沛納海不翼而飛；最後致命的一槍從左上腹往胸腔射擊，顯然是不給對方活命的機會。」

羅志豪繼續說明：「我們比對了射進副署長體內的子彈，發現不是一般土製手槍子彈，而是.40 S&W特製子彈，本地黑道沒辦法取得這種武器，必須由特殊管道從國外輸入。根據國際刑警提供的情報，有一組橫行北美華人圈的黑幫，道上稱『ＤＡＲＫ軍團』，據傳是三男一女結夥犯案、各司其職，讓美國警方與ＦＢＩ相當頭痛。他們的分工犯案模式是Destroy（破壞）、Attack（攻擊）、Rob（搶劫）和Kill（殺戮），和副署長遇襲模式完全符合。幾個月前，他們分別用不同身分與管道從美國入境臺灣，但因為在臺灣沒有犯罪紀錄，機場海關沒辦法阻擋，因此我們高度懷疑副署長的命案兇手，就是『ＤＡＲＫ軍團』。」

「ＤＡＲＫ對上ＨＯＰＥ，黑暗對上希望，這可有意思。」跨國犯罪集團的線索出乎市長杜振忠的意料，他追問道：「不過目前都只是推論，沒有直接證據，而且職業殺手都是拿錢辦事，幕後黑手是誰查出來了嗎？」

「還沒有頭緒，目前的計畫是先抓到殺手，再來調查犯案動機和幕後指使。」

杜振忠沉吟道：「醫療部分呢？副署長接受手術後的恢復情形如何？或許可以從他那邊問出一些線索。」

Dr. C語帶振奮地說：「副署長送到H.O.P.E.中心時心跳已經停止，所幸Dr. J及時搶救才起死回生，目前已無生命危險，不過意識尚未完全恢復，雖然可以與醫護人員對話，但仍有些意識混亂的狀況，還需要一段觀察期。我們有試著詢問與案情相關的線索，這部分稍後再向各位長官報告，在這之前，Dr. J有些事情想說。」

眾人看向Dr. J，他緩緩開口：「這個案子的幕後黑手，很可能是遠心集團。」

案情調查該是警方的事，醫師們通常只負責報告醫療照護方面，沒想到Dr. J卻語出驚人地點出幕後黑手。市長和警察局長面面相覷，首次與會的幕僚長依然沒有一點表情起伏。Dr. S也只是靜靜聆聽，冷漠的眼神與過往熱情參與討論大相逕庭，似乎對這一切都不感興趣。

「遠心集團取得全民健保的獨家經營權，與這個事件的諸多疑點似乎都有關。」

Dr. J接著解釋：「和H. O. P. E.中心有直接關聯的是副署長在九月七日遭到攻擊，前一週衛福部才公布健保經營權由遠心集團得標，當時正在交接期。副署長不但知道整個投標過程，又具備登入全民健保資料庫的的最高權限，也是業務移交的關鍵人物。不只如此，還有幾個因意外死亡的人，身分共通點也都和全民健保經營權有關，只是我們都只注意到副署長的案子……」Dr. J把南安人壽高階主管、被搶匪殺害的財經記者及東大財經系教授的相關資料，拿給其他人傳閱。

資料內容之詳細，著實令羅志豪大吃一驚，自己身為資深警務人員，卻一直只專注調查職業殺手的身分，忽略了犯案動機與其他案件的關係，更訝異身為醫師的Dr. J是如何取得這些資料。

看到大家紛紛投來疑惑的眼神，Dr. J趕緊解釋：「可能是我太無聊了，才會自己拼湊出這些訊息，加上醫療從業人員以前被全民健保壓搾太久，對這類事務比較敏感，就像幾年前宇海集團的案子，我也是先注意到被害人的醫療過程不尋常……」

「如果遠心集團透過非法手段取得健保經營權的假設成立，那動機是什麼？」調察犯罪首重動機，雖然 Dr. J 提出了一些沒人注意到的細節，但畢竟只是推論，若沒有犯案動機便說不通，羅志豪雖然佩服 Dr. J 的觀察力，仍不免質疑。

「這就是另一個疑點！就獲利來說，遠心集團已是全國保險業龍頭，他們大費周章取得經營權，顯然不是為了健保收益，官方說法是為了社會公益而賠本投資全民健保這個錢坑。但大家請看這份文件，遠心集團的公開財報顯示在取得全民健保的經營權後，獲利直線上升，幾乎是去年同期的兩倍！」

「這是怎麼回事？跟原先的預期完全矛盾，而且全民健保的利潤這麼大，那之前還會被經營到倒閉？」杜市長詫異地問。

「請各位仔細看內容，全民健保部分確實是虧損的，甚至必須用遠心集團原本私人保險的營利來填補財務缺口，然而在取得全民健保經營權後的短短幾個月，遠心集團的投資戰無不勝，好幾塊已經談了很久的土地開發案，都在最後一刻讓地主或地方勢力轉變態度，或是競爭對手宣布放棄，實在很難只用巧合來解釋……」

聽到這裡，羅志豪忍不住反駁：「但這些仍只是推論，很難做為辦案依據。」

「我同意，起初Dr. J提出疑點時，我的想法跟局長一樣。不過副署長脫離危險期後，說了以下這些話……」

Dr. C在主螢幕上播放一段影片，剛脫離呼吸器的副署長，有氣無力地說：「他們要殺我滅口！健保資料庫……所有人的祕密都在裡頭！」

Dr. C說：「我認為，這段話就是整起案子的關鍵，遠心集團要取得全民健保經營權，不是為了獲利，而是健保資料庫，這個全民健保最大的資產。如果資料變成私人企業資產自由運用，那會比各種個資都值錢，你的就醫習慣、健康狀況、保費支付方式，連動到財務狀況都會一覽無遺！」

「這麼龐大的資料庫，又涉及如此敏感的個資，難道不會加密嗎？」始終沒有說話的總統幕僚趙偉智終於開口，問了第一個問題。

「健保申報的資料都會統一上傳到雲端資料庫，一般人沒有辦法登入，只有極高層管理人員與資訊維護人員才可以，而且輸出的內容會數位去識別化，就算進入資料庫，想取得特定人士的健康資料，也要特殊解碼與資料串聯才行。副署長剛好就是關鍵人物之一。你們還記得幾年前，健保署官員變賣重要人士個資的新聞？」

聽Dr. C這麼說，趙偉智點點頭，幾年前這事情鬧得很大，曾讓政府傷透腦筋。

Dr. J問出最後幾個問題：「綜合以上幾點，誰能取得這些絕密資料？誰會不惜一切代價取得這些絕密資料？誰懂得運用這些絕密資料？」

「遠心集團！」六角形會議桌的眾人異口同聲。

幕僚長趙偉智點了點頭，道：「這樣就拼湊起來了！總統府收到的那封匿名信，就是遠心集團搞的鬼，想用副總統的機密個資向我們示威，我得快點向總統回報。」

這時，Dr. J卻說：「請稍安勿躁，最後還有一個題外話，可能也跟本案有關。如果推論屬實，那這是前所未有的智慧型犯罪，幕後操盤手絕非等閒之輩。遠心集團總經理羅宇峰本身就是傳奇人物，有人說他智商過人，有人說他是年輕一輩的經營之神，又是IG幾十萬追蹤的網紅。關於他的傳說實在太多了，但可以確定的是，幾年前還是紈褲子弟的他，回國後彷彿變了一個人。」

「這些名人八卦，跟我們的案子有什麼關係？」羅局長對一連串重大發現大感振奮，迫不及待想回去展開調查，對Dr. J此時說出的這段話感到不解。

「請看我找到的照片。」Dr. J在螢幕上秀出一則多年前的英文新聞，華人紈褲子弟在芝加哥唐人街飆車鬧事，鬧到連當地媒體都報導這個小霸王的惡形惡狀，照片裡赫然就是滿頭金髮的羅宇峰。

Dr. C接著Dr. J的話繼續說：「他的轉變可說是一夜之間，若沒經歷什麼大事，要讓原本不長進的紈褲子弟突然發奮圖強，幾乎是不可能的。外傳羅宇峰有用藥習慣，我也透過管道，取得羅宇峰使用的藥物樣本，經過Dr. F的藥物光譜分析，證實是某種神經刺激酵素，可能短時間激發服用者潛能，並造成人格的改變……」

「越扯越遠了，就是嗑藥嘛！也不是什麼了不起的事，這種人我們局裡每天都抓不完！你說的前半段還有點道理，後半段全是你自己的想像。」羅局長擺了擺手，不想再聽不下去，不顧在場還有其他長官，就站起來往外走。

15

正式會議結束，三位長官陸續離開，Dr. C、Dr. J和Dr. S繼續著稍早的話題。

「你的線索替H. O. P. E.中心立了大功！你沒看羅局長最後惱羞成怒，身為高階警務人員卻沒能查出這些疑點，多虧了你的記者朋友。」Dr. C相當高興地說。

今天Dr. J的報告證明了H. O. P. E.中心不只是後勤支援單位，也具備主動收集情報的能力，更何況會中還有中央級官員到場，讓Dr. C覺得非常有面子，極度仰賴政策支持的H. O. P. E.中心，地位勢必能站得更穩。

「運氣好而已，都是記者查出來的結果，我只是借花獻佛。」

「周小姐幾年前進來過H. O. P. E.中心，知道這個祕密單位的存在，這些年她也遵守承諾保守祕密，當年也是靠她的獨家新聞才讓邱世郎的宇海帝國垮臺，不如我去建議市長，邀請她加入H. O. P. E.，當我們的外部聯絡人與非官方調查員。」不同於過去對周雪蓉的負面印象，Dr. C對她的看法改觀，甚至提出大膽的想法。

一直沉默不語的Dr. S終於開口：「不用了吧，要是H. O. P. E.中心的消息走漏，我們的真實身分曝光怎麼辦？H. O. P. E.中心的任務宗旨是醫療支援，要是再加入一個記者，她的行動有獲得官方授權嗎？」Dr. S語帶不悅，但一番言詞也不無道理，她說完後，瞪向Dr. J，Dr. J則低頭不語。

見氣氛有點僵，Dr. C也不明白Dr. S為什麼那麼生氣，再加上羅宇峰的用藥習慣與突然轉變的原因，沒有如預期地引起討論，他只得趕緊打圓場：「今天的會議就到這吧！兩位也該回去休息了，下次見面時，我會展示一項H. O. P. E.中心的變革與進化，現在還在籌畫中。」

正當Dr. J和Dr. S換下制服準備離開時，突然傳來Dr. F柔和的聲音：「補充分析報告：『紅色藥丸內含的神經細胞刺激酵素，可以強化腦部代謝，人體內有極低含量。然而光譜分析發現其為光學左旋結構，與人體本身分泌之光學右旋結構不同，代表這些酵素為人工合成，高劑量集中使用可能增強智力，半衰期為三十天。經與現有資料庫比對，此合成物與五年前宇海集團一案中，殺手雷龍腦部切片內發現的酵素結構，相似度達到九十七．八％。」

「雷龍！」原本對這個案件不感興趣的Dr.S，不自覺發出驚呼，她立時想到余小曼合成的藥物，然而據小曼的說法，藥物早已完全銷毀了啊！

Dr.F的電腦螢幕左邊是羅宇峰吃的紅色藥丸外觀，右邊是一長串複雜的化學結構式，出處來自七年前一篇發表在科學界頂尖期刊《Nature》的論文，第一作者正是余小曼，指導教授則是卡明斯基，研究機構是芝加哥大學的SMART實驗室，他們將之命名為CE－α。

Dr.F接著展示她內建的質譜儀對羅宇峰使用的紅色藥丸分析：「本次分析的藥物，化學結構與論文發表的CE－α不完全相同，其神經活化的效果比論文上的原型增強數倍，然而衰敗期卻從六十天縮短成三十天，但兩者最大的不同是停藥後的副作用，CE－α會造成腦細胞破壞與昏迷，這個藥品則是加速腦細胞代謝，令用藥者產生暴力傾向，甚至自殘。」

「小曼……是妳嗎？就算在另一個世界，妳還是如此有影響力。」Dr.S喃喃自語著，雖然難以置信，眼前的結果卻明顯有著余小曼的影子。

「既然這顆藥是從ＣＥ－α改良而來，後續還有論文發表嗎？一般來說實驗若有新的結果，都會選擇再將論文投稿到醫學期刊。」Dr.Ｊ多年前在中央醫院服務時，也參與不少醫學研究，很清楚學術界的運作模式，要趕在其他人之前快點發表成果，甚至申請專利。

「資料庫裡搜尋不到原作者發表的其他論文，但有兩篇相關的讀者投書，分別來自日本與德國的研究團隊，一篇是質疑研究結果造假，理由是實驗結果無法重現，一篇則是批評這個研究有違反醫學倫理的爭議。」Dr.Ｆ用了多種關鍵字與不同組合去搜尋，找到的資料卻相當有限。

「小曼跟我說過這件事，她原本想把完整的實驗結果公開，爭取學術界的最高榮譽諾貝爾獎，但宇海集團基於商業利益與機密，不准她發表製程細節。」Dr.Ｓ憶起余小曼在被收押時跟她說的話。

「卡明斯基教授的近況如何？照說這麼活躍的實驗室，負責人應該持續有學術活動才對。」

Dr.Ｆ的螢幕秀出一則一年多前《芝加哥論壇報》的新聞：芝加哥大學的卡明

斯基教授因精神壓力過大，在實驗室自殺。由於並非什麼大人物，舉槍自盡在美國也不是什麼大新聞，因此只有一則篇幅極小的報導。

Dr. C點了點頭，「羅宇峰在芝加哥讀書，吃的藥也來自芝加哥，用了強化腦部神經細胞的藥後脫胎換骨，一年多前羅宇峰從美國回臺灣接掌遠心集團，同時間藥物發明人自殺……」Dr. C把現有的資訊一一統整，「看來幾件事都一一浮出水面了，我們現在需要關鍵的證據，將這一切串在一起！」

「小曼，妳在哪裡？」不同於Dr. C的振奮，Dr. S反而有種預感，戰線似乎比想像的更大。

走出威秀影城九號廳，陸辰杰問方璇要不要去走走或吃點東西，方璇卻始終沉著一張臉。

「妳怎麼了嘛？」陸辰杰試著去牽方璇的手示好。

方璇立刻把他的手甩開，態度非常冷淡。「你跟那個女記者見面，身分是陸醫師還是Dr. J？」

「我不懂妳這句話的意思，她從學生時期就是我的病人，後來在H. O. P. E.也是由我幫她開刀，所以她來診所做術後追蹤，才討論到她的調查。」

「你們可不是在診所討論事情，而是去咖啡廳約會。」

面對方璇的質問，陸辰杰一時為之語塞。

「妳在懷疑什麼嗎？我什麼都沒做！她確實提出了線索，而且剛才案情彙報妳也看到了，這些情報對H. O. P. E.中心非常有用！」

自從方璇得知陸辰杰瞞著她和周雪蓉單獨見面，已經氣得好幾天不跟他說話了，儘管陸辰杰花了好大的力氣解釋，勉強獲得原諒。然而今天陸辰杰在會中提出的報告，用的都是周雪蓉提供的資料，顯然兩人之間還有聯絡，又再度勾起方璇的怒火。

「在H. O. P. E.中心裡，我是Dr. S，只能支持案情調查，所以選擇不講話；可是走出H. O. P. E.，我就是你的太太，你不能要求我毫不介意！」說到激動處，方璇忍不住落淚。

方璇與陸辰杰兩人夫妻多年，感情穩定，即便陸辰杰年輕時就經常受到醫學生、護理師甚至病患與家屬仰慕，卻很少像這次讓方璇有如此強烈的不安全感。就算陸辰杰沒有心動，她也很清楚周雪蓉的目的。更令方璇介意的是，陸辰杰把周雪蓉從羅宇峰辦公室偷來的紅色藥丸交給Dr. F化驗，等於是默認了自己就是Dr. J，以及H.O.P.E.中心的存在，而向來堅持H.O.P.E.中心是最高機密的Dr. C，竟然也想把周雪蓉納入團隊。

當年在醫學院，方璇的溫柔優雅，令在大一迎新活動裡初次見到她的陸辰杰下定決心追求。外貌出眾、成績優異的方璇，一直有為數眾多的追求者，讓陸辰杰始終戰戰兢兢，努力呵護這段感情，不讓其他競爭者有機可乘。婚後，兩人一起進入中央醫院工作，在陸辰杰面臨職場霸凌遭逼退時，儘管方璇在放射科已被內定為科主任的接班人，仍毅然決然與夫婿同進退，令陸辰杰更是感動。

無論是愛情或恩情，陸辰杰都很清楚自己不能做任何對不起方璇的事，他也確實沒有，甚至覺得被責備得很冤枉。但陸辰杰也不得不承認內心的困惑——自己究竟是如何看待周雪蓉的？對於過往的愛慕者，陸辰杰總是避之惟恐不及，何以對周雪蓉卻沒辦法保持距離？雖然對案情好奇是他給方璇的理由，也是說服自己的理由，但真的只是這樣嗎？

從影廳走到停車場的路上，氣氛異常凝重，兩人都沒說話，心裡各自想著不同的事。

來到車上，也許是覺得剛剛太過生氣，方璇率先打破了沉默：「我想去北海岸，好久沒去了，還記得我們上次去是什麼時候嗎？」

「好啊！去看海吹吹風不錯。學生時我常騎機車帶妳去，怎麼今天突然想去？」見方璇主動跟自己說話，甚至提出出遊的建議，陸辰杰方向盤立刻轉向。

「今天開會提到小曼，我想去看看她，而且CE大腦強化劑再次出現，我認為事情不單純，雖然官方對羅宇峰吃什麼藥不感興趣，可是我有種直覺，這或許是破案的關鍵。」

「我也這麼認為，照小曼生前的說法，僅存的藥劑已經銷毀，唯一知道配方的人只剩她的指導教授，卻又舉槍自殺，實在很難用巧合解釋。而且雪……那個記者採訪羅宇峰是上週的事，那時他還在吃紅色藥丸，所以一定有人知道配方，甚至加以改良。」談起案情，陸辰杰又顯得興奮，只是原本要脫口而出的「雪蓉」怕引方璇不悅，硬是改稱「記者」。

車子開過三芝，繼續往北海墓園前進，兩人看見回憶中的風景，聊起學生時代約會的往事，氣氛逐漸和緩。陸辰杰見機不可失，想營造些浪漫的氣氛，經過白沙灣時，陸辰杰把車停在路邊。

「妳還記得我們第一次約會就是來這裡嗎？我記得那天的天空好藍，陽光底下的妳好美。」

「你的意思是現在不美？」

「不是、不是，一直都很美！」沒想到卻被方旋抓住語病，陸辰杰一時情急，緊張地漲紅了臉。

看到他不知所措的反應，方璇笑了出來。

黃昏時的白沙灣，夕陽緩緩從無邊的海平線沉下，把天空染成一片柔和的金黃色。他倆索性脫了鞋子，一起走在白色沙灘上，就如初次約會時那樣，陸辰杰牽起了方璇的手。雖然氣氛不再緊繃，陸辰杰很清楚方璇心裡仍掛記著這件事，他摸摸方璇的頭髮。

「沒事的，相信我。」陸辰杰輕輕地說。

這次方璇沒有把頭別開，眼眶卻又紅了。

「當初你為了維護我的安全，不讓我知道『希望計畫』而獨自行動，但事實證明，只要我倆齊心，冒險犯難根本不算什麼。」方璇不再生氣，語氣卻變得哀怨，「我知道你想當英雄，想當拯救世界的Dr. J，身為妻子絕對支持到底。但若是影響到家庭關係，身為妻子也絕對反對到底！與其這樣，我寧可我老公是個平凡的普通人。」

陸辰杰沒有回話，只是點了點頭。H.O.P.E.中心裡，他是一夫當關、萬夫莫敵的Dr. J，現實生活裡，他是陸醫師，也是方璇的丈夫。

天黑之前，他們來到北海墓園，由於天色已遠又非特殊節日，空無一人的墓園氣氛帶點陰森與詭異。許多往生者的福地與墓碑都長滿野草，在世親友通常在清明節前後才會進行清理，然而唯獨角落的一塊墓地整理得乾乾淨淨，墓碑前鮮花還在滴水，顯然剛放下沒多久。

「有人來看小曼？」

「我記得小曼在臺灣沒有家人啊！」

陸辰杰和方璇，對眼前的景象相當訝異。這時，遠方有個矮小的身影，快速消失在黑暗中。

16

「這陣子羅總都沒有交待新任務給我們，也差不多該回美國了，我好想念中西部的氣候，來臺灣一年多，實在是受不了這裡的空氣品質。」Andy坐在沙發滑手機搜尋著印第安那州的房地產，自言自語著。

「自從遠心集團拿到全民健保經營權後，業務拓展如有神助，好像真的不需要我們了。」Derek同樣一臉閒得發慌，在沙發另一頭蹺著腳。

「我昨天查了一下戶頭，羅總是講信用的人，該給我們的錢一毛都沒少，甚至還比原本談的價錢多，我看一定是Kelly姊的面子吧！羅總對您神魂顛倒，我們也跟著受惠。」Roy一臉曖昧的神情看向Kelly。

「少跟我鬼扯！既然辦完事也拿到錢，就準備回家吧。」Kelly冷冷地說。

遠心集團取得全民健保經營權已經接近一年，民眾與各級醫療院所從一開始的不習慣和諸多抱怨，也漸漸接受了新型態的保險給付模式。媒體分析，因為私人企業才能有的執行力與改革魄力，讓這項政策滿意度越來越高，許多原本對遠心集團的負面印象與懷疑，也逐漸轉為正面。

羅宇峰一直在各個重大投資案與併購案中攻城掠地，只要他看上的標的物，對手不是自動知難而退，就是直接雙手奉上。最新一期的彭博社報導，更把羅宇峰捧為全球百大成功企業家。

這讓總統幕僚趙偉智承受來自高層極大的壓力，明知遠心集團問題不小，卻苦無直接證據，調查也一點進展都沒有，ＤＡＲＫ軍團彷彿從人間蒸發，更別說追查他們與遠心集團的關係了。雖然副署長運氣好撿回一命，然而失血過多與休克時間過長，造成腦部缺氧，因此意識始終無法完全回復，無論是警政或醫療，一切都陷入泥淖。

遠心集團最近主推南港開發大計畫，廣告充斥各大網路與媒體，開發內容包括捷運沿線商場、住宅、摩天輪、立體停車場，還有開發案的主體遠心醫院。多年前宇海集團也曾推動類似的開發案，但最後胎死腹中，原因除了總裁邱世郎的個人官司，土地開發案會遭遇各種勢力的反對或角力，往往需要很長時間與龐大經費才能過關。這次遠心的計畫可說是當年開發案的2.0強化版，照說更大的計畫應該會遭受更大阻力，然而推動卻異常順利，不僅地方民意代表舉雙手歡迎，在尋求其他開發商和建商加入投資的過程也不見反對者，而土地開發最容易引起爭議的環境評估，也獲得環評委員全票通過，這是從沒見過的景況，

遠心集團的各部門主管正在會議上一一報告進度，向四大銀行聯合融資的資金已經到位，協力廠商也陸續進駐，遠心的南港開發大計畫箭在弦上。

會議結束，幹部都離開後，蕭磊從門後的閣樓走進辦公室：「小宇，遠心集團被你帶領得有聲有色，越來越有企業家的樣子了！我很替你感到驕傲，你不再是當年那個不懂事的小鬼了。」

蕭磊在頂樓遠眺南港開發案的未來基地，想像著遠心醫院落成的樣子，余小曼的遺願終於得以完成。

「這都是蕭老師的功勞，您的藥實在是太厲害了，讓我能率先看出健保資料庫的價值，提早布局，才能一步步掌握每個人的祕密和醫療資源分配權，從此我將再

也沒有敵手！老師您放心，南港開發案我一定會傾全遠心集團之力完成，無論是基於我對您的承諾，還是對我們企業的獲利……」精通數字與報表的羅宇峰，早已算出這個案子背後的利益高達數百億，而且可以細水長流，保持長年持續獲利。

蕭磊又說：「還有一件事，想要借你的人用用。」

週四下午，方璇在住家附近的超市買了一大堆菜，今晚要跟陸辰杰在家裡吃火鍋，她打算先把火鍋料備齊，陸辰杰從診所下班就可以開動。

正當她提著大包小包的採買品，氣喘吁吁地掏出鑰匙準備開門，突然背後一陣劇痛，接著便失去平衡倒在地上。在她倒下之際，看到一個快速閃過的黑衣女子身影，就是她從方璇右後背刺了一刀，鮮血瞬間噴出。在方璇即將失去意識前，她奮力從口袋中掏出手機，用盡最後一點力氣撥電話給陸辰杰。

「辰杰……救……我……」她的手指在顫抖，呼吸越來越微弱，接著便眼前一黑。

看診中的陸辰杰接到方璇來電，本以為是催他早點回家，正待解釋幾句還沒忙完，豈料電話拿起來只聽見急促卻又沒頭沒腦的一句話，再回撥便已無人接聽。陸辰杰直覺事情不妙，從方璇的手機定位知道她在住家附近，正要拿起電話報警並聯絡救護車時，他猶豫了幾秒，改撥另一個號碼。

接到陸辰杰求救的Dr. C，立即調派H. O. P. E.中心的救護車與兩位救護人員出動，並檢查設備狀況與藥物血品是否足夠。

偽裝成藍色廂型車的H. O. P. E.救護車抵達現場，兩位救護人員快速檢視方璇的傷勢，並將她搬上救護車，在回程向總部回報狀況：「傷者為女性，目視為右後背穿刺傷，經止血紗布加壓後暫時不再流血，心跳每分鐘一〇八下，血壓一一四／八十三毫米汞柱，昏迷指數十三分，OVER！」

H. O. P. E.中心的Dr. F計算出救護車回程最短路線與預估時間，也列出後續治療所需的人力與設備，由Dr. C發出任務召集令。

「H. O. P. E. 999！」「H. O. P. E. 999！」「H. O. P. E. 999！」陸辰杰聯繫H. O. P. E.中心後，顧不得診所還有好幾位病患，就直接衝向威秀影廳。這時手機出現了三則任務召集令，他心中一沉，因為這次救援的對象，是自己的妻子。

威秀影廳的自動售票機今天顯示的是「J-1670-4／5」，代表這次任務需要五名人手，除了他之外的第五位是誰？但他沒時間多想，在隧道裡狂奔著，Dr. F也開始任務簡報：「四十一歲女性，右後背穿刺傷，受傷時間為下午四點鐘。」螢幕顯示救護人員在現場的畫面，看到方璇倒地不起，陸辰杰既不捨又憤怒，握緊了拳頭。「事故現場預估失血量約三百毫升，傷口直徑一．五公分，形狀類似攻擊刺刀，心律每分鐘一〇八下，血壓一一四／八十三毫米汞柱，呼吸每分鐘十八下、昏迷指數十三分，就目前所得資訊判斷，嚴重內臟受損機率約五％，預期存活率為九十二．一％。」聽到Dr. F計算的預期存活率，陸辰杰稍微放心，「建議治療方式需待電腦斷層檢查後決定，若輸血後生命徵象回穩，或有機會不需要手術。」Dr. F的結論跟陸辰杰想的一樣，先做完檢查再說。

衝進H. O. P. E.中心，Dr. C與其他助手都已在現場等候。很快地救護車開進H. O. P. E.中心，Dr. J與助手照先前的沙盤推演，衝上去把方璇接到急救區，Dr. C也已經把相關檢查裝備開機待命。然而救護車後門一打開，居然是三男一女凶神惡煞地跳下車，帶頭的大塊頭抓起一位技術師就是一陣拳打腳踢，接著回頭給了Dr. J一拳，疼得他彎下腰來；另一個瘦高男子則肆無忌憚地翻箱倒櫃，許多重要又昂貴的藥品灑了一地，接著把輪椅上無力反抗的Dr. C逼到角落，硬是把他脖子上的聽診器搶走；跟在後頭的小個子在H. O. P. E.中心繞了兩圈，見到什麼就砸什麼，Dr. C見到這個景象，心痛得閉上眼不願再看，被砸毀的每一樣東西，都是他多年來的心血；黑衣女子則仍不發一語，冷眼旁觀這一切。

H. O. P. E.中心被三人一陣打砸搶之後，幾乎被破壞殆盡，所有人被大塊頭Andy趕到醫院正中央的手術區，包括奄奄一息的方璇，陸辰杰拚命壓住方璇背上的傷口，焦急又憤怒。Dr. C從輪椅摔落地上，與其他工作人員坐在一起，臉上盡是憤怒與恐懼。

Derek把幾個氧氣鋼瓶拖過來，打開開關讓氧氣全速釋放，接著把手術消毒的一瓶瓶酒精噴灑在各種布單與紗布上，「嘿嘿嘿！百分之百純氧加上高濃度酒精，我只要點一支煙就……碰！」三個男人笑成一團。

Derek晃晃手中的打火機，「Kelly姊，今天不用您動手，讓Derek小弟來為您服務，讓這個醫院跟這些醫護人員一起消失～」

突然一聲巨響，一輛改裝過的大型藍色貨櫃車，從原本被木板隔住的施工區衝出，猛力倒車撞向冷笑中的Derek、Andy和Roy，Derek手上的打火機也跟著飛了出去，「碰！」一聲，其中一個氧氣鋼瓶率先爆炸，四周的易燃物也跟著起火，瞬間三人被炸得面目全非。

「快上車！」貨車駕駛探出頭向眾人揮手，陸辰杰與其他夥伴一起把受傷的方璇和行動不便的Dr. C抬上車。

眼看H. O. P. E.中心就要爆炸，貨車駕駛大腳一踩油門，撞開護欄就往外衝，這時他不經意往車窗外一瞥，與站在遠處的Kelly打了個照面，兩個人都震驚地愣了幾秒，但都立刻在爆炸聲中回過神來，各自逃出了火焰中的H. O. P. E.中心。

17

「這是今天的任務總結報告，我必須承認由於過程中出現計畫外的程咬金，導致任務失敗，只毀掉了標的物，讓暗殺對象逃脫，所以這次費用我只收三成。」遠心集團總部裡，DARK小隊只剩下Kelly一人，她給蕭磊看H.O.P.E.中心炸毀後的照片，以及一則臺北市政府地下室發生火警的插播新聞。

「前半段妳做得不錯，有照我教妳的方位刺傷方璇，從右後方距離脊錐六公分處刺入，剛好避開主動脈與腎臟，妳的D9攻擊刺刀經過改良，上面的鋸齒倒勾穿過後腹腔與腰部的肌肉時，會造成劇烈疼痛與傷口流血，雖然沒有直接生命威脅，但也不算小傷。陸辰杰一定會想讓妻子去自己最信任的地方接受治療，他也一定會想要親自處理，果然打開了通往那家醫院的大門。」余小曼的筆記本上記載了各種她精心研究的「殺傷不殺死」之技，如今被蕭磊完全繼承，也成功令方璇成為誘餌。

Kelly刺傷方璇後，便與DARK軍團埋伏在巷口，等到H.O.P.E.中心派出的救護車抵達，他們便一湧而上挾持救護人員，躲在救護車內進入H.O.P.E.中心。

「我們是拿錢辦事，事情沒辦好不拿全額，不過我損失了三個兄弟，該付的安家費要給他們。」Kelly的語氣依舊冰冷，聽不出到底無情還是有義。

「他們三個的事我會處理，不過妳必須解釋一下，妳的P226X是雙排交錯並列式彈匣，十五發子彈要把他們所有人殺光綽綽有餘，就算臨時多一個開車的，妳至少還有九十秒可以完成任務。」

面對蕭磊的質疑，Kelly沒有回答，只是低頭摸著胸前的項鍊墜子。

這時羅宇峰突然闖進辦公室，急忙走向Kelly：「妳有沒有受傷？」接著轉向蕭磊，怒氣沖沖地說：「你說借我的人馬去處理幾個醫生，誰說你可以去掀臺北市政府？我是生意人，就算有些遊走法律邊緣的手段，也不能搞到公然跟政府叫陣，派人去炸北市府地下室，這已經是恐怖份子做的事了！」

「那是祕密單位，臺北市政府不敢聲張的。」蕭磊一副氣定神閒。

「你這樣做，不但害我損失三員大將，如果他們的身分曝光，扯到我身上就麻煩了！」

見羅宇峰和蕭磊大吵，Kelly面無表情，「如果沒什麼事的話，我先走了。」

「Kelly，妳……」看到Kelly要離開，羅宇峰似乎還想說點什麼，卻只能看著她離去的背影。

蕭磊淡淡地說：「我們合作之初，就已經說過我不惜任何代價，都要毀掉臺北市政府地下室的醫院，毀掉陸辰杰和方璇。」

「那你現在達到目的了，我們的合作也可以結束了！就算你當年對我再好，這段時間我給你的也夠多，算是扯平了！」見蕭磊不痛不癢的回答，羅宇峰更生氣，最後對他大吼一句：「You are fired!」

「你搞出這麼多事，現在想要把我一腳踢開？你有自信能全身而退嗎？」

羅宇峰更加惱怒，「你這是在威脅我嗎？你的一切都是我給你的，否則你現在還在中國城端盤子！把事情都抖出來，你也一樣逃不掉！」

「這倒也不必，你先試試看沒有CE－β之後，會怎麼樣吧。」

「哼，我就知道你會這麼說，你的藥丸雖然厲害，我羅宇峰本來也就不是笨蛋，大不了不吃就是了！況且憑我的地位與財富，有什麼事找不到人幫我做？」羅宇峰早就料想到有一天蕭磊可能會拿這個來威脅他。

「你知道芝加哥大學的卡明斯基教授，在我走後不到一個月就自殺了嗎？CE－β的衰敗期是三十天，期限一過，沒有繼續服藥的人就會無法控制的瘋狂與自殘，我離開美國時，把所有藥物和配方都帶走了，所以……嘿嘿嘿～」蕭磊又露出他那招牌的尖銳笑聲。

羅宇峰作夢也沒想到，自己完全信任的蕭老師竟然對自己留了一手，而且這後果顯然比預期嚴重許多。

「你這混蛋！信不信我宰了你！」憤怒的羅宇峰揪住蕭磊的衣領，瞪大雙眼惡狠狠地盯著對方。

「嘿嘿嘿，小宇，我知道你不會的，你是最乖的小宇。」一面對盛怒的羅宇峰，蕭磊一點都不怕，鎮定的口吻就如當年和自己的家教學生說話。

知道自己受制於對方，羅宇峰慢慢鬆開手，頹喪地坐在地上。

夜色之中，一輛藍色貨櫃車停在某個廢車場，四周堆滿報廢車輛、零件與其他廢棄物，逃出危機後，Dr. C讓技術與護理人員先回家，只剩下陸辰杰、方璇與開車突圍的年輕人。

方璇這時已經醒來，對眼前的景象感到困惑：「這是哪裡？發生了什麼事？」

「妳剛從受傷中恢復，先不要說話。」陸辰杰擦擦臉上的汗水。

「應該是沒有大礙了，H. O. P. E.+的裝備沒有醫院那麼齊全，但可以應付最危急的醫療狀況，剛才Dr. J和Dr. Q一起幫妳做了清創與止血手術。我們現在在環東大道下的一家廢車廠，基本上相當安全。」Dr. C的輪椅在撤退時來不及帶走，現在只能暫時坐在藥箱上，他繼續說：「這輛貨櫃車是行動H. O. P. E.中心，代號H. O. P. E.+。記得我之前提過，H. O. P. E.應該主動出擊嗎？我本想一切都準備就緒再正式向大家介紹，可是事出突然，只好臨時啟用。」

虛弱的方璇環顧四周，她躺在這輛改裝過的貨櫃車中央，正上方是兩盞手術燈，貨櫃兩側的大型螢幕顯示了自己的生命徵象、衛星定位地圖與貨櫃車油料、氧氣、藥物與血品存量，旁邊的儀器與電腦設備與手術室無異，難怪可以在這裡動手術。只是貨櫃後方還堆放著未整理藥品與設備，看來還在建置中。

「還沒向您自我介紹，我叫歐陽奇，也是外科醫師，其實一年前曾與陸醫師有過一面之緣，由於H.O.P.E.團隊擴編，Dr.C召募我擔任二號外科醫師。我有無國界醫師的經歷，可以擔任後勤行動支援，協助建置二期戰術醫院。在H.O.P.E.中心，請叫我Dr.Q，因為我的角色就像〇〇七電影裡的軍需官Q。」

「還好今天有Dr.Q救了大家。」想起當時的驚險，Dr.C仍心有餘悸。

「今天是我第一次接到任務召集，Dr.C本打算在任務彙報時介紹我跟大家認識，結果我對電子售票機和九號影廳座椅的操作系統不太熟，沒想到這麼一耽擱，反而陰錯陽差讓我有機會去把H.O.P.E.+開過來接應大家，我在無國界醫生時期有一個拿手絕活，就是開車……」說到這，歐陽奇靦腆地笑了笑，就像個純真的大男孩。

「暫時大家得待在這裡，歹徒會攻擊方璇，還知道攔截救護車，一定知道我們的真實身分，也知道H.O.P.E.的運作模式，因此行蹤不能暴露，以免再引來攻擊。」Dr. C冷靜地判斷。

「那小璇的傷勢怎麼辦？雖然不算嚴重，總是需要後續照護！」陸辰杰握著方璇的手，神情相當焦急。

「這件事應該和我們目前接觸的案子有關，遠心集團控制了所有醫療體系的保險申報，不管我們把Dr. S送到哪一家醫院治療，她用的任何藥物、設備、治療，都會上傳到健保資料庫，行蹤就會暴露。」Dr. C揮揮手，指向車內的裝備：「不過兩位放心，這裡雖然比不上我們的Hospital Organized by Pioneers and Elites，由菁英與先鋒組成的反恐戰術醫院，但現有物資還是足以提供基本的照護能力。」說到這裡，Dr. C忍不住嘆了口氣。

大家都能體會孫嘉哲的感傷，付出多年的心血毀於一旦，過去雖曾遭到經費凍結，然而此刻卻是真真實實地毀滅。當孫嘉哲刻意講出H. O. P. E.的全名，這家充滿他的苦心與匠心獨具的醫院時，陸辰杰和方璇也紅了眼眶。

「雖然我們失去了H. O. P. E.，但只要堅持信念，希望永遠在我們心中。」原本半臥的方璇打起精神，一手握著陸辰杰，一手握著孫嘉哲，語氣溫柔又堅定地說。

「官方目前的立場是低調處理，因為我們原本就是祕密單位，新聞也只說臺北市政府地下室電線走火，火勢很快就獲得控制，無人傷亡。」撤退後，Dr. C曾嘗試與相關單位聯絡，得到的都是靜候指示，讓他忍不住想到《不可能的任務》裡的經典臺詞：「如果任務失敗，對於你們的行為，組織將一概予以否認。」

「看來這段時間我們只能靠自己了，還是需要一些補給品與對外聯絡的管道。」陸辰杰憂心忡忡地說。

「我來！目前我的身分還沒曝光，無論是遠心集團或他們的職業殺手，都不至於找到我，這剛好是我Dr. Q軍需官的工作！」歐陽奇依然熱情又樂觀。

「不過只靠你一個人恐怕不夠，我們還需要幫手，這個人必須絕對保守祕密、有正義感能與我們同一陣線，還要了解H. O. P. E.的運作模式……」Dr. C提出的問題令眾人陷入沉默，一時之間很難找到這樣的人。

「不如……」半晌，Dr. C望向陸辰杰。

陸辰杰尷尬地看了看方璇，方璇點點頭溫柔地說：「請周小姐加入吧！」

18

一輛重機駛進H.O.P.E.+暫時停靠的基地。

「我買了很多東西，你們應該都用得到的。」周雪蓉拿下安全帽，兩手拎著好幾個裝滿物資的大賣場購物袋，一面交待歐陽奇：「歐陽，再去幫我把掛在車上的那袋鮮奶跟飲料搬下來。你們看看還缺什麼，我再去買。」

「你們買太多了啦！我們才三個人怎麼吃得完？」陸辰杰聽到聲音，趕緊跑出來幫忙，方璇也一跛一跛地跟在後面。

「小璇，妳的傷才剛好，坐著休息就好。」陸辰杰一面接過周雪蓉手上的提袋，連忙回頭扶方璇坐下。

「我沒事。」方璇語氣平靜地說，接著對周雪蓉微微一笑：「周小姐，這段時間謝謝妳。」

「謝什麼？當初我的命是你們救的，我早就想加入H. O. P. E.團隊，當你們的後勤支援了。」

幾週前的某天，周雪蓉上班中突然接到一封簡訊：「周雪蓉小姐，這是H. O. P. E.團隊召集令，若妳接受任務，請按下簡訊內連結。」

原以為又是詐騙集團訊息，正想刪除時，猛然想起自己多年前在某個神祕醫院接受手術時，聽過多次工作人員交談間提到H. O. P. E.這個字。她半信半疑地按下連結按鈕。

簡訊連結的影片中，一個坐電動輪椅、戴著藍色面罩的中年男子，開始介紹身後的機構，一家由菁英與先鋒組成的祕密醫院，所謂的H. O. P. E.代表Hospital Organized by Pioneers and Elites，畫面拍到男子側面，身上的白袍左臂有個閃閃發亮的C。影片還沒播放結束，就被一通沒有來電顯示的電話給打斷。

「我是Dr. C，按下連結代表妳接受任務召集，目前是緊急狀況，H. O. P. E.中心需要妳的支援，已經有人在報社樓下等妳。」

「我本以為會有什麼超炫裝甲戰隊來接我，結果居然是歐陽奇這傢伙，十多年不見，差點認不出來了！」周雪蓉不改她大剌剌的個性，一屁股坐在某個藥箱上，說起她接受召募當天的經過。

「你們以前就認識啊？」剛從重傷中恢復，方璇原本說話就不大聲，此時聲音顯得更加輕柔。

「不只認識，還挺熟的，不過大學畢業後就沒聯絡了。」周雪蓉看著把物資擺到定位的歐陽奇。

「當學生時，我們醫學系和雪蓉的新聞系合辦了不少活動，後來我加入學生會，又一起編輯校際刊物。只是畢業後大家都忙，聯絡電話也換了，沒想到H.O.P.E.又讓我們聚在一起。」

在報社樓下看到歐陽奇，周雪蓉起初不敢相信，覺得只是巧合對方剛好路過，正打算走過去問清楚之際，歐陽奇也拿起了電話撥號，沒想到自己的手機居然響起。聽到電話鈴聲，歐陽奇也不自覺地尋找聲音來源，一轉頭就與正要接電話的周雪蓉四目相接。

「妳……」

「你……」

「周雪蓉？」

「歐陽奇？」

「妳為什麼在這裡？」

「你又為什麼在這裡？」

「記者？」

「H.O.P.E.？」

聽到關鍵字時，兩人相視而笑，但歐陽奇隨即便收起笑容，發動他的重機，要周雪蓉快點上後座。

「我們現在要去H.O.P.E.的臨時祕密基地，我必須提醒妳，這可能很危險。」歐陽奇在路上向周雪蓉說明了H.O.P.E.的運作模式以及面臨的困難，並慎重地告訴她，現在需要她的加入。

「Dr. J、Dr. S和Dr. C都是我心目中的英雄，即使沒有飛天遁地的超能力，卻用自己的雙手與專業悍衛正義，能跟這些人併肩作戰，是我的榮幸！」這突如其來的徵召令，讓周雪蓉如作夢一般，一時之間難掩內心激動，她終於加入了朝思暮想的團隊。

H.O.P.E.+車頭的工作區，從一堆電腦與管線中傳來孫嘉哲的聲音，把周雪蓉的思緒拉回現實。

「再等最後一位夥伴到齊，我們就可以開會了。」

「還有人沒來嗎？」陸辰杰看看四周，他、方璇、孫嘉哲、歐陽奇，還有周雪蓉都已經就定位。

「很高興與各位重逢，我是Dr.F。」電腦喇叭傳出一個柔和的女聲。

「H.O.P.E.+和Dr.F重新連上線，我們現在可以讀取出事之前H.O.P.E.中心的所有備份資料了！」孫嘉哲開心地宣布，彷彿Dr.F不只是AI，而是真真實實的工作夥伴。

Dr.C照例為會議開場：「謝謝周小姐加入H.O.P.E.團隊，這陣子辛苦她和Dr.Q擔任我們對外聯絡的窗口，今天是核心成員在事件後的第一次案情彙報。」雖然H.O.P.E.+的設備沒有H.O.P.E.中心齊全，但貨櫃裡仍設有六個核心成員的座位。

「欸！既然是同一個團隊，就不要再叫我周小姐了，我也要有一個代號吧！我的英文名字是Snow，叫我Ms. S好了！」周雪蓉說著，斜眼瞄向坐在對角的陸辰杰。既然方璇是Dr. S，那她也要叫Ms. S。

「好喔！以後就叫妳Ms. S！」狀況外的歐陽奇跟著附和，臉上帶著一貫的陽光笑容。

然而陸辰杰不知是沒聽到還是刻意忽略，沒有任何反應。

「辰杰，我不太舒服，扶我一下……」這時方璇換了個坐姿，背上的傷口又開始滲血，陸辰杰趕緊扶住方璇孱弱的身體，接著握住方璇的手，溫柔地拍拍她。

原本大聲嚷嚷著的周雪蓉看見二人的恩愛景象，便安靜了下來。

「這是H. O. P. E.中心被攻入那天的監視器畫面，可惜只錄到這裡……」影片前半段是三個張牙舞爪的男子大肆破壞著中心的設備，另一個黑衣女子則站在角落，畫面的最後停留在H. O. P. E.+衝撞後的一片火海。

「犯案的三男一女身分已經確認，就是先前羅局長說的DARK軍團，三個男性都死於最後的爆炸，從他們屍體上取得的指紋，與國際刑警檔案裡的Derek、

Andy和Roy相符，叫作Kelly的女殺手目前下落不明，警方雖然封鎖了邊境與海關，但不排除她已經偷渡出境。」孫嘉哲把畫面定格在Kelly身上不斷放大，臉部影像清晰可見，另一臺電腦顯示的則是Dr. F從警察局嫌犯系統下載的檔案。

盯著電腦畫面的歐陽奇沉默不語，看不出他在想些什麼。

周雪蓉接著開口：「幾個月前，我調查了好幾例離奇死亡或兇殺案件，發現死者的共通點都和遠心集團有關，這部分的資料先前已經提供給Dr. J，相信各位也有討論。不過自從全民健保業務移交給遠心集團後，類似案件便不再出現了。」或許醫療不是周雪蓉在行的，但對於社會案件，她很自然地主導了發言，又忍不住在言談前強調了自己與陸辰杰的私交。「這兩個月來，遠心集團的發展勢如破竹，在南港的開發案獲得空前成功，原本持反對意見的幾個民代與環保團體全部轉向支持，連地方發展補償金都不要，這對一般大型開發案來說，幾乎是不可能的事！」

「能夠有兵不血刃的方法，又何必要大動干戈？」陸辰杰指的自然是遠心集團利用健保資料庫來控制每個人的隱私與醫療資源，簡直就是「不戰而屈人之兵」的最高境界。

「Dr. J說到了重點！在個人隱私完全被對手掌握與控制的情況下，一般人很難不就範，更可怕的地方在於，社會大眾根本不會察覺！我們報社做了一份內部民調：目前遠心集團的好感度與滿意度比剛接手經營全民健保時，提升了二十四個百分點！這代表或許民眾一開始還不能接受全民健保由國營改民營，但這個情況可以透過媒體美化與習慣培養來扭轉印象。從上週開始，遠心集團的股票已經連續七個交易日漲停版，市值遠超過排名第二的保險公司；集團總經理羅宇峰的個人聲望更在各企業主中所向披靡，他年輕、多金、幹練的形象得到大多數年輕人的認可與崇拜，現在遠心集團是大學畢業生想要加入的企業排名首選。」

想到遠心集團可以為所欲為，陸辰杰相當激動。「官方立場與調查進度如何？這件事單靠我們幾個的力量是不夠的。羅局長怎麼說？杜市長呢？總統幕僚趙先生呢？這麼龐大的犯罪，不是該由國家介入調查嗎？」

「官方……」孫嘉哲欲言又止，「追查中的四個嫌犯有三個已經死亡，惡名昭彰的DARK軍團形同解散，目前已經沒有犯案能力或犯案事實，H.O.P.E.中心的犧牲，某種程度也等於替國際刑警和FBI解決了心頭大患，因此警方已經不再承受巨大壓力；而且目前都還查不到遠心集團涉案的直接證據，再加上全民健保現在經營得有聲有色，官方似乎也無意再深究，至少在總統大選前，不會有大動作……」

孫嘉哲說完，所有人都靜默不語。失去官方支持，等於陷入孤立無援的狀態，在現實中，他們就只是幾個醫生，而且如今連得以大展神威的舞臺H.O.P.E.中心都沒了。

自從看到DARK軍團的資訊，坐在角落的歐陽奇一直若有所思，沒有專心參與討論，從H.O.P.E.中心撤退時的那一幕一直在他心中盤旋不去。坐在身旁的周雪蓉注意到他的不專心，用手肘頂了一下歐陽奇。

歐陽奇回過神來，似乎想到什麼，他利用大家沉默的空檔打開手機，在社群軟體輸入了阿美的名字，最近的動態停留在七年前，是一張她穿著無國界醫生的制服，與阿富汗兒童的合照。

他看著「發送訊息」的按紐，猶豫了幾秒，最後用顫抖的手，點了一個笑臉符號發送出去。

「所以……結束了？」方璇率先打破沉默。

孫嘉哲沒有回答，他環顧著倉促上路的H.O.P.E.+，最後目光停留在令自己必須吃力地爬上爬下的雙腿，表情已經說明一切。

「欸！你們這些大醫生怎麼抗壓性那麼差？我才剛加入耶！就這一點挫折就要放棄喔？」不同於眾人士氣低迷，周雪蓉顯得鬥志高昂，「就算是巨人也有弱點，只是還沒曝露而已！我可是打倒巨人的大衛王，況且原本我只是單兵作戰的記者，現在可是跟你們併肩作戰的Ms. S，我們怎麼可能會輸？」

陸辰杰想到方璇所受的苦，也氣憤地點頭：「就算沒有官方奧援，我們還有彼此，不能放棄希望，一定要繼續追查下去！對我來說，這已經不只是單純地追求正義，也是私人恩怨！」

方璇也被他的一席話受到鼓舞，自然地握住陸辰杰的手。

「我這幾天一直想不通，為什麼發動攻擊的人會知道Dr. J和Dr. S的真實身分，甚至知道H.O.P.E.中心的啟動方式與運作……」孫嘉哲的疑問，也是大家的疑問。

「除了內部工作人員，知道H.O.P.E.中心祕密的人沒有幾個，邱世郎人在牢裡、秦宇翔也退休不再管事，小曼幾年前也過世了……」陸辰杰把所有可能洩漏祕密的人一一列出。

「工作人員也都是我親自精挑細選，不可能有問題啊！」孫嘉哲斬釘截鐵地說。

「小曼……她真的死了嗎？」方璇自言自語著。

陸辰杰沉吟道：「妳在看守所見了小曼最後一面，她的葬禮我們也都有參加，這點無庸置疑。不過她最後是死於大腦強化藥物的反轉作用，在看守所時，是誰把藥給她的？那個人是唯一有可能接觸到這個藥的人，也可能從小曼口中知道我們的身分。」

「羅宇峰吃的藥又跟余小曼有關，這樣線索就兜在一起了！」孫嘉哲振奮地說。

這些往事周雪蓉和歐陽奇並沒有參與，因此津津有味地聽著前輩訴說傳奇故事。

「有沒有辦法弄到臺北看守所的監視畫面？」

「我稍早嘗試與臺北看守所的電腦系統連線，但是時隔五年，檔案已經刪除。」

Dr.F回答。

「無論如何，就目前可以掌握的訊息，DAR已死，最後一個K下落不明，不過應該暫時不會有動作，眼前危機暫時解除，大家總算可以回家了。我會請羅局長加派人手保護各位。」會議最後，孫嘉哲做出總結，團隊成員可以暫時回歸正常生活，等待後續任務召集，但他卻沒有透露自己的下一步。

「傷害小璇的兇手還沒有繩之以法，H.O.P.E.還有看不見的隱形敵人，不能掉以輕心！」陸辰杰仍然氣憤難平地提醒大家。

反倒是歐陽奇露出有點為難的古怪表情，他下意識低下頭，卻看見手機裡剛才發出的訊息，顯示對方「已讀」，然而目前離線中。

19

七年前的阿富汗，叛軍被受到美國政府支持的政府軍大規模掃蕩，節節敗退竄逃到興都庫什山區，其中一支叛軍的游擊部隊攻入山腳下的無國界醫生基地營。

「我們是中立的醫療單位，請不要傷害我們！你們也有許多受傷的戰友在這裡接受治療。」面對兇狠地四處燒殺擄掠的叛軍，隊長毫不畏懼地站出來，對惡徒曉以大義。

隊長是個充滿熱忱與愛心的外科醫師，堅信人人生而平等，出身或許無法選擇，但都有接受醫療的權利，無論是醫術或風骨都深受團員支持。

「殺光美國佬！」然而殺紅眼的叛軍根本不講道理，拿起機槍就對手無寸鐵的醫護人員們掃射，其他人則把基地營裡可用的物資全部搬走。

叛軍一路闖進基地營後方的護理站，找到躲在後頭的幾個護理師，其中一個軍人舉起槍正要將她們滅口，阿美突然跳出來擋在其他人前面，拿出預藏的手術刀揮舞著。

可惜幾個弱女子終究敵不過大男人，手術刀縱然鋒利，還是比不上機關槍，阿美很快就遭到制伏。

「把她帶走，其餘的殺掉！」或許是對眼前這個勇敢的女子有點興趣，叛軍領袖要部屬把被蒙上雙眼的阿美押上車，接著就只聽見一陣槍響與哀號……

女性在伊斯蘭世界幾乎沒有地位可言，特別是外國女性，更何況是淪為俘虜的外國女性。阿美在叛軍營地被囚禁了七個月，其悲慘可想而知，除了勞務的折磨，還被迫「嫁」給所謂的聖戰士，直到某天政府軍與協力作戰的美軍攻破叛軍要塞，才救出阿美。

帶隊的美軍詹姆斯上校認出了阿美，先前的某次戰役，他所受的槍傷就是在無國界醫生負責的野戰醫院治療，當時詹姆斯就對英文流利、長相清秀的阿美印象相當深刻。

在美軍基地暫時安置的幾天裡，詹姆斯對阿美照顧有加。某天，他抱了一箱叛軍搜刮的財物來找阿美，讓她尋找是否有個人物品在裡頭。

「大部分的值錢物品都被叛軍賣掉了，剩下的這些，妳看看還有沒有自己的東西。」

阿美從一堆珠寶首飾中，找到了過去從不離身的項鍊，項鍊本身不值錢，但墜子裡是一張她與歐陽奇出任務時的合照。在那段暗無天日的日子裡，阿美好幾次接近崩潰邊緣，是這個跟她有約定的人，讓她有撐下去的力量。

「再過幾天就會有飛機安排妳回家，我也可以幫妳聯絡在臺灣的家人。」

「家人……」被叛軍俘擄時，「回家」曾是阿美最大的渴望，然而當這一天突然到來時，她卻猶豫了，想起自己的遭遇，阿美不知該如何面對家人，不知該如何面對歐陽奇，不知該如何面對可能的指指點點。

「我可以留下來嗎？」握著胸口的墜子，阿美似乎有了決定。

詹姆斯同意了她的要求，安排她在美軍基地的醫務所幫忙，然而阿美想要的不是逃離現實，而是報仇，讓毀掉她人生的人付出代價！

在通過美軍重重的忠誠度測試與人格審查，確定她不是叛軍派來的間諜後，阿美開始在基地接受各種搏擊與戰鬥技巧訓練，詹姆斯更親自擔任教官，指導她射擊與近身格鬥，接下來的幾次任務她屢建奇功，協助詹姆斯和他的小隊抄掉好幾個叛軍要塞。

某次情報得知，叛軍的重要幹部將在喀布爾舊城的一棟公寓召開祕密會議，如能將其一網打盡，將大幅削弱叛軍勢力，多年內戰可望有停火的一天。然而政府考量到大舉進攻恐怕傷及平民，美軍部隊亦不方便直接進駐，阿美便自告奮勇要潛入前線。

她靜靜潛伏在陰影之中，等待目標出現。當第一個目標出現時，她毫不猶豫地扣下了扳機，一槍將其擊斃。接下來的三個目標也被她一一擊斃，毫不費力，至此，五個核心幹部已經除掉四個，但發出的聲響驚動了保鑣們，他們向阿美瘋狂地開槍，但都被她靈活地躲避。當她將最後一個目標逼到了牆角後，阿美卻放下已經上鏜的手槍，這最後一個叛軍首領尚不明白眼前的黑衣女子何以放過自己，正想鬆一口氣時，阿美卻從背後拿出刺刀，割斷了對方的喉嚨。

回到基地時，阿美沒照往例，用死者照片證明任務完成，而是從袋中拿出叛軍首領的頭顱，這個曾經侮辱過她的男人。阿美自此一戰成名，基地裡替她取了綽號——殺手Killer。

慶功宴上，大夥把她當英雄一般崇拜，頻頻呼喊著「Killer、Killer、Killer！」

「『Killer』聽起來太暴力，大家叫我『Kelly』吧！」說著，她拿起桌上的啤酒一飲而盡。

放下酒杯，Kelly看著身邊的詹姆斯，這個把她從地獄救出來、又給了她重生的男人，在煙霧繚繞的酒吧裡，她情不自禁地摟住詹姆斯，強壯的詹姆斯則是大方地抱起Kelly，旋轉一圈後與她激情擁吻，周圍爆出眾人的歡呼。

遠心集團的員工俱樂部裡有間VIP健身房，此刻只有Kelly一個人，她穿著緊身運動服，短髮隨著她的每個動作飄揚。只見她雙拳緊握，目光鎖定著懸掛在中央的沙袋，接著熟練地擺動身體，用快速而有力的重拳攻擊沙袋，她不斷調整姿勢和節奏，使每一次擊出都更加精確，時而轉身踢擊沙袋，用膝蓋的力量發動猛烈攻擊。她的動作讓人眼花繚亂，卻絲毫不影響流暢和力道。

每晚Kelly都會演示一次拿手的自由搏擊，在一拳一拳攻擊沙袋釋放怒火的同時，讓過往那段不堪的回憶有個出口。

第一輪訓練結束，Kelly臉上已出現微微的汗水，但她並不停下來，隨著呼吸越來越急促，精神也越來越集中。每一吋肌肉都處於緊張狀態，體能接近極限，她閉上眼睛冥想，醞釀更大的怒火來累積攻擊能量……

詹姆斯說他有一棟大房子在亞歷桑那州的鳳凰城，那兒有一望無際的沙漠與各種奇形怪狀的仙人掌，他總是告訴Kelly，等戰爭結束，就帶她在杳無人跡的沙漠裡看滿天星斗，看比人還高的仙人掌，家庭游泳池是亞歷桑那州每棟房子的標準設備，Kelly當然是這棟大房子的女主人。

隨著戰事進入尾聲，美軍開始陸續撤出阿富汗，一班一班的軍機載著美國大兵們回家，Kelly曾問詹姆斯：「什麼時候輪到我們回美國？」

「我是部隊的指揮官，必須最後才離開。」

Kelly對此深信不疑，滿心期待能跟詹姆斯回美國結婚的那一天。

直到某天清晨，Kelly照例在基地餐廳等詹姆斯一起吃早餐，卻沒等到人，才發現宿舍已經人去樓空。

「詹姆斯？他搭凌晨三點的飛機回美國了，他沒跟你說嗎？」

「殺！」心中的怒火達到最高點，Kelly擊出最後一拳，她停下來喘氣，看著已經被她打得破爛的沙袋。

Kelly坐在健身房角落，擦拭著手中的銀槍，又想起更多往事……

盛夏的鳳凰城酷熱難耐，幾乎家家戶戶的休閒活動都是在自家游泳池玩水，一對白人夫妻正在教兩個孩子游泳，沒多久母親先上岸，並回頭跟父親說：「詹姆斯，我去準備晚餐，你要盯著兩個小鬼，注意安全。」

詹姆斯和兩個孩子一起向走回屋內的媽媽揮手。而他們的一舉一動，都被幾百公尺外的一名黑衣女子用高倍望遠鏡監視著。

當晚，鳳凰城地方電視臺插播了一則即時新聞：「陸軍上校遭到近距離殺害，行兇手法判斷是職業殺手所為，國防部與ＦＢＩ已經介入調查。」

雖然報了仇，但Kelly也從此走上不歸路，孑然一身的她不再相信任何人與任何承諾，奉行的原則只剩下以戰止戰、以暴制暴、以牙還牙、以眼還眼！憑著優秀的戰術能力和高超的殺人技巧，她成了無情、冷靜、無懼的僱傭兵與職業殺手，如機器人般專注地完成任務。

某次任務讓她結識了浪跡天涯的Derek、Andy和Roy，四人組成的DARK軍團如天啟四騎士般令人聞風喪膽，洛杉磯、佛羅里達、華府，只要有人出得起價，他們便無役不與、所向無敵。

思緒回到現實，Kelly打開胸前的項鍊，看著歐陽奇的照片發呆，原以為此生不會再見到的人，居然在H.O.P.E.重逢。這時手機通知聲響起，提醒著有未讀簡訊，Kelly回過神來，順手按下閱讀的她突然驚覺不妙，可惜為時已晚，雖然趕緊離線，但狀態已經轉為「已讀」。

20

確認危機暫時解除之後，H. O. P. E.成員總算可以回歸正常生活。陸辰杰和方璇收拾行李準備回家，並討論接下來的計畫，診所可能得先歇業一陣子，等風頭過了再說。這段時間歐陽奇和周雪蓉都是一起行動，一方面兩人本是舊識，也因為身分較不會引起注意與懷疑，因此任務結束後，歐陽奇很自然地提出送周雪蓉回去；至於孫嘉哲，沒有人知道他的下一步是什麼。

各自收拾行李時，空氣中瀰漫著說不出的低迷，可預期接下來會有很長一段時間不會再有任務，大家都沒說話，內心卻各有思量。

周雪蓉想到短時間內沒辦法像現在這樣，想見到陸辰杰就見面，內心有些失落。離開前，她說要去H. O. P. E.+確認沒有遺漏東西，要歐陽奇先發動機車等她，其實自己也心知肚明，自己是想找機會再單獨跟陸辰杰說說話。

加入H.O.P.E.團隊是周雪蓉多年來朝思暮想的事，從學生時期她就欣賞陸辰杰，只可惜兩人始終走在平行的路上，這次重逢令兩人出現了交集，她終於能夠接近這個人，無論他是陸醫師或Dr. J。

照她過去不服輸的個性，遇到喜歡的事物絕對爭取到底，然而看到陸辰杰與方璇堅定的感情後，她陷入進退兩難的矛盾。如果不表達自己的感受，這份感情就永遠只能是暗戀，不過理智也告訴她應該就此打住，或許還能保持正常的朋友關係。只是最令自己迷惘的，是當初遙不可及的情愫經過近距離相處，反而分不清自己對陸辰杰究竟是仰慕、是崇拜、還是愛……

「就只是跟一個好朋友說聲再見罷了，平常心！」「多講幾分鐘的話，給彼此留一下一個完美的道別印象也不錯……」「算了！豁出去告白吧！被拒絕也認了！」在這短短幾步路中，她的腦海中閃過萬千種念頭，以及各種可能的情節。

「妳不要想東想西，雪蓉對我來說就像妹妹一樣，我們的來往也純粹是案情的討論。」周雪蓉還在思索要跟陸辰杰說什麼，就聽到他與方璇的對話。

「任何人都看得出她的心意，明知你是有婦之夫，還是毫不避諱地接近你。」

結婚多年，方璇對陸辰杰的舉止分寸和對自己的愛都很有信心。但周雪蓉的出現卻讓方璇產生前所未有的不安全感，不僅因為她年輕貌美，更因為周雪蓉和陸辰杰的個性相似，同樣有著對真相追求的執著，儘管方璇相信陸辰杰不會背叛自己，但周雪蓉對陸辰杰的執著仍令她備感威脅。

「我們在一起這麼多年，依靠的不是別的，就是對彼此的信任。無論是我對妳的愛，還是Dr. J所代表的正義，都不會被任何人、任何事所撼動！」

陸辰杰的語調越來越高亢，雖然站在門外，周雪蓉仍感受到他的慷慨激昂。這番話也讓她似乎領悟了什麼，自己向來仰慕的是專情的陸醫師和充滿正義感的Dr. J，這兩個身分之所以吸引自己，是他的正直所散發的情感，而那是不能被他人破壞的，即使是自己也不行！

「妳還好吧？」這時，有人從後頭拍拍周雪蓉的肩，她回頭一看，是歐陽奇，顯然他也聽到了。

「我不是叫你在車上等我嗎？」

「我怕東西太多妳拿不動，所以過來幫忙。」

「誰要你那麼雞婆？你明明是來偷看我在幹嘛！」周雪蓉一拳打在歐陽奇肚子上，歐陽奇假裝痛得彎下腰來。

「也是啊！我怕妳一時衝動，有些東西可以欣賞，不一定要擁有……」歐陽奇早就注意到周雪蓉對陸辰杰有特殊的情感，起初他只當成八卦在看，偶爾調侃一下周雪蓉，然而與H.O.P.E.團隊相處越久，他越發佩服與崇拜陸辰杰的醫術與人格。因此當他發現周雪蓉要越過紅線時，曾試著暗示她，有些事情適可而止比較好。

聽到歐陽奇這麼說，再想想陸辰杰與方璇的對話，周雪蓉突然明白，她重視的是陸辰杰的幸福，而不是自己的情感。唯有放下私情，將精力投入到H.O.P.E.，為團隊盡一份力，才不愧對自己當初加入這個任務的初衷，一想到這，心中的結也隨之解開。

周雪蓉直盯著歐陽奇，發現眼前這個人這麼了解自己，歐陽奇也盯著周雪蓉，就像幾個月前他們重逢時那樣。

儘管歐陽奇總是戲弄周雪蓉，但在那些玩笑背後，早就藏匿著一份說不出的情感。當周雪蓉用拳頭回擊歐陽奇的嘲諷時，也許只是抱著如哥們般的無所在意，然而對歐陽奇來說，那份甜蜜的感受似乎超越了一般友誼……

這時，陸辰杰扶著方璇走下H.O.P.E.+的貨櫃車箱，抬頭就看見周雪蓉與歐陽奇兩人站在外頭。

「咦，你們還沒走？還有東西沒拿嗎？」

「沒……沒有，我來檢查一下還有沒有沒帶走的東西，應該是沒了！」周雪蓉露出一個燦爛的笑容。

「我們先走囉！後會有期！」她用力揮手，向陸辰杰與方璇道別，拉著歐陽奇轉身離開。

從H.O.P.E.+走出去這短短一段路，周雪蓉內心是滿足的，原本她留有一份不被允許的感情在這裡，現在已經確定帶走了！陸醫師與Dr. J的完美，就該留在每一個景仰他的人心中，而能和一個完美的人併肩作戰，本身就是一件完美的事！只是，周雪蓉雖然帶著笑容離開，卻又不自覺落下了兩行淚。

身邊的歐陽奇刻意不看她的臉，只是輕輕拍拍她，遞了張面紙給她。

「陪我去走走，然後去大吃一頓！」

21

自從H.O.P.E.中心出事那天，歐陽奇一直無法忘記當時與他四目相接的女殺手，當阿美停用多年的社群軟體帳號竟讀取了自己的訊息後，他更加確信，女殺手就是阿美。

在阿富汗失去阿美，是他一生的遺憾，五年的時間不算短，每次工作中遇到挫折，他總會想到這個曾讓他傾心的女孩，回臺灣努力完成訓練成為合格的外科醫師，也是因著他當初對阿美的承諾。如今知道她尚在人世，卻成了殺人不眨眼的殺手，讓他驚喜又不解，這究竟是怎麼回事？

「阿美，真的是妳嗎？」「阿美，我沒料到會再遇見妳。」「如果妳不是阿美，那妳是誰？」歐陽奇急著想搞清楚來龍去脈，一連發了好幾則訊息，但對方不讀也不回。歐陽奇甚至下班後刻意繞到遠心集團總部附近，想碰碰運氣看能否遇到阿美，但始終沒能如願。

睡前又看了一次手機，對方仍然沒有讀取訊息，沮喪的他又發出一則訊息：「阿美，還記得我們的約定嗎？」

「噹！」手機突地響起一聲通訊軟體的通知，歐陽奇如觸電般跳起來，這次對方讀了，並且回傳一個座標。

他用最快的速度趕到訊息中的座標位置——大安森林公園露天音樂臺，看見一個黑衣女子坐在最後一排角落。

「阿美，真的是妳！一點都沒變！」再次見到阿美，歐陽奇相當激動。

黑衣女子緩緩抬起頭，面無表情地看著歐陽奇：「我不是阿美，我是Kelly。」

「妳明明就是阿美！妳不是在阿富汗失蹤了嗎？當年在基地找不到妳，這五年來，我一直以為妳死了。」

「阿美確實已經不在人世了。」黑衣女子仍是冷冷地說。

「可是妳現在就在我面前，先前在臺北市政府地下室看到的也是妳，讀我訊息的也是妳，我從沒想過……可以再與妳重逢！」歐陽奇忍不住上前，想要擁抱眼前的黑衣女子。

Kelly向後退了一步。「冷靜點，歐陽醫師。我今天不是來見舊情人，純粹是完成五年前的約定，好讓我自己和過去說再見……」

過去這五年，無論受到多大挫折，Kelly始終沒掉過一滴眼淚，然而再次見到歐陽奇，內心的激動已經快要按捺不住，淚水在眼眶打轉，令Kelly自己都感到驚慌。她連忙收斂情感，不想讓歐陽奇發現。

但歐陽奇絲毫不在意Kelly的冷漠，反而上前緊緊抓住Kelly的手，「阿美，這幾年妳究竟去了哪裡？都在做些什麼？」說著，他摸到Kelly手腕上滿是凹凸不平的傷疤。

「地獄，」Kelly甩開歐陽奇的手，「阿美早已在地獄裡化為灰燼，取而代之的是Kelly從地獄重生。」

歐陽奇一看就知道，阿美手腕上的傷痕與刺青，是阿富汗叛軍羞辱戰俘的方式，他立時了解阿美受到了多麼殘酷的對待。

「無論過去發生什麼事，妳就是阿美，是我記憶中溫柔善良的阿美。」歐陽奇溫柔地說。

「我已經不是那個在無國界醫生組織的阿美了，我是DARK軍團的職業殺手Kelly，既不溫柔也不善良。」

「妳還是可以回歸正途，我們重新開始！」

聽到歐陽奇說「重新開始」，瞬間過去受辱的絕望、遭到背叛的痛苦、成為職業殺手後的聲名狼藉全部湧上心頭，Kelly對這四個字莫名的反感，也認為沒經歷過這一切的歐陽奇太過樂觀，她冷笑一聲。

「這就是我的正途！當我的生命只剩下羞辱與背叛的那一刻，當我開始殺第一個人的時候，這條路就再也無法回頭了！過去這幾年讓我明白，誰都可以背叛你，誰也都可以被背叛，只有手上的槍是唯一可靠的！」

「善與惡都只是選擇，或許過去妳不得已選擇了惡，但不代表不能再有一次機會。」歐陽奇的語氣充滿了希望與樂觀。

Kelly嘆了口氣，望向遠方，「我已經沒有選擇了，就像你看到的，我滿手血腥，這條路沒辦法再回頭。」

她何嘗不想念歐陽奇，何嘗不想重新開始，那幾乎是她多年來心心念念的盼望。只是眼前的歐陽奇，依舊是記憶中的那個陽光男孩，但自己早已不是當年的阿美了，而是殺人不眨眼的Kelly。命運的巨輪，終究令兩人失之交臂。

「妳有選擇的，妳也有我！」歐陽奇緊緊抱住她。

這一次，Kelly沒有抗拒，而是凝視著眼前的男人，始終冷漠的臉龐終於流下兩行淚水。她知道歐陽奇是這個世界上唯一不會傷害自己的人，然而此時此刻自己的身分，卻可能令他深陷危險。

「來不及了，我們的命運注定如兩支箭，各自向相反的方向飛去，即使今天相遇，也只是在交叉點上短暫重逢，能再見到你，我已經沒有遺憾了。」Kelly拭去眼角的淚水，取下胸口有著兩人合照的項鍊，「我們就忘了彼此，走向自己的未來吧！」Kelly把項鍊擺在長椅上，轉身離開。

歐陽奇從口袋裡拿出Kelly留下的項鍊，從回憶中回過神來，他看看趴在桌上的周雪蓉，甩了甩頭。這段日子發生一連串的事，打亂他所有的人生規劃，他還在思索接下來該怎麼做。

「兩位還好嗎？」見角落那桌的兩個客人，一個醉倒一個發呆，吧檯侍者走過來關心，讓歐陽奇的思緒回到現實。

先前一起出任務時，歐陽奇偶爾會陪周雪蓉吃飯，但氣氛都不像今天晚上這麼開心，晚餐後周雪蓉堅持要找地方繼續喝，於是歐陽奇帶她來到安和路的一家小酒吧，這裡是他與Dr. C初次相遇、討論H.O.P.E.成員召募計畫的地方，Dr. C當年也是在這裡召募了Dr. J。聽到Dr. J的故事，周雪蓉更是調酒一杯接一杯，直到不勝酒力倒下，而在幾杯烈酒下肚後，歐陽奇有些微醺，想起了阿美，又想起了Kelly……

「沒事，請幫我結帳，順便叫一輛計程車。」歐陽奇打起精神，打算送周雪蓉回家。

計程車停在對街，歐陽奇只能摟住醉到不省人事的周雪蓉過馬路，突然手機簡訊響起：「你說得對，善與惡是自己的選擇，是仇恨把我逼上這條路，我們已經沒有再一次的機會了，請好好對待你的小女友吧。」

看到Kelly的簡訊，歐陽奇酒醒了大半，立刻抬頭環顧四周，但除了呼嘯而過的車聲，沒看到其他人。

那天與歐陽奇分別後，Kelly反覆思索他說的話，原以為永遠封閉的內心，慢慢出現動搖。

她開始想像放下職業殺手的身分，重新回到歐陽奇身邊的可能性。現在他已經成為獨當一面的外科醫師，或許她也可以重返護理工作，兩人一起在醫院當同事，或是去參加國際救援活動，實現當年無法完成的遺憾。

「或許……重逢真的是上蒼給我的恩賜，讓我有再一次機會……」

她的目光回到手上的傷疤，意識到事情不會如她想像得那麼簡單，夢想雖然美好，現實卻殘酷無情。

「再看他一眼就好，然後我就回美國，此生不再回來！」失去了三位兄弟，在臺灣的任務也已經完成，Kelly決定離開，在這之前，她想把歐陽奇的樣貌永遠留在心中。

然而當遠遠看到歐陽奇摟著喝醉的周雪蓉步出酒吧時，她感覺到自己的幻想與期望，又再一次地落空了。

一再被欺騙與辜負的人，無論本性多麼善良，此刻在心底升起的仇恨與怨念，都足以吞噬一切。

22

「Dr. S，妳的身體好點沒？」

「好多了，謝謝關心，妳呢？Ms. S？」

「就……在上班啊～很無聊！」

自從H.O.P.E.中心解散，中央似乎也沒有重啟的意思，幾個成員連開會見面的地方也沒有，只能偶爾透過視訊會議交換近況。起初大夥還會討論案情的進度與對策，然而隨著時間過去，開會頻率越來越低，內容也趨近閒聊。這次開會選在某個平日中午，方璇在家，陸辰杰則在診所上線，周雪蓉轉而關心Dr. J。

「Dr. J的診所業務很忙吧？前幾天我經過診所，看到好多病人在等，就不好意思進去打擾。」

「跟Dr. Q比起來算是輕鬆的，以前我在醫院上班時，常得在醫院值班過夜，Dr.

Q年輕體力好，可能還撐得住，我已經是一把老骨頭囉……」

其中一個視訊畫面正是歐陽奇，趁著開刀的空檔埋頭吃便當，他說待會還有刀要開。每次陸辰杰看到他，總覺得像看到年輕時的自己。

「Dr. C在忙什麼？他已經很久沒上線了。」周雪蓉還是不改大姊頭個性，雖然最晚加入團隊，仍習慣一個一個點名。

「我也不清楚，平常都是他主動跟我們聯絡，過去他把H. O. P. E.中心當家，現在家沒了，人又銷聲匿跡，也不知道在忙什麼。」陸辰杰曾試著聯繫孫嘉哲，回應卻是有一搭沒一搭。

閒聊時間結束，周雪蓉將會議拉回主題。

「還是來談些正事吧！大家看到最近的新聞嗎？網路上全是關於遠心集團的討論，今年第一季亮眼的財報，替投資人賺了許多錢，財經版一面倒地給遠心的經營成果好評；連藝文版都是遠心集團的消息，總經理羅宇峰三天兩頭舉辦慈善音樂會，替弱勢團體募款，政商名流都得買他的帳，大家都知道只要能跟羅宇峰三個字拉上邊，就能搏上版面。」

「說到這個，羅宇峰的官方ＩＧ追蹤人數突破一百萬人！這傢伙除了是生意人，還是個網紅！」為了知己知彼，歐陽奇也在ＩＧ上追蹤了羅宇峰，常看他不時炫富或參加各種活動。

「我一定要揭穿他的真面目，讓民眾知道遠心集團是如何地不擇手段去達到自己的目的！」周雪蓉氣憤地說。

「可是我們所有的推論都沒有直接證據，而且輿論是站在遠心那一邊。」方璇有點悲觀的說。

「我不只是報社總編輯，還有一個獨立經營的個人新聞臺，接下來我會陸續把疑點貼出，在網路上我也有點影響力，只要能引起討論，就有後續發展的空間。」

周雪蓉重新整理了這段時間調查的結果，有條不紊地列出和遠心集團相關的疑點與巧合，她也在視訊會議上讓大家先閱讀打算放在個人新聞臺上的文章初稿，標題聳動、內容辛辣。

「別忘了當年我可是第一個敢在個人網站質疑宇海集團的獨立記者，也是靠我的報導才把邱世郎的帝國給推翻，我可是打倒巨人的大衛王！」說到自己的豐功偉業，周雪蓉自信又驕傲。

「一個人要跟大企業作對，妳可千萬要小心。」歐陽奇忍不住擔憂。

「我有你們幾個名醫當後盾，誰傷得了我？」

今天晚上的臺北流行音樂中心眾星雲集，由遠心集團發起的慈善晚會邀請到許多重量級歌手，一起為弱勢團體募款。當羅宇峰的座車開進會場，記者蜂擁而上，爭相捕捉這位傳奇高富帥年輕企業家的風采，羅宇峰的新聞就是流量的保證。

「羅總！可不可以跟我們講幾句話？」羅宇峰面前起碼堵了幾十支麥克風。

「謝謝大家，健康之前人人平等，這是遠心集團的核心價值，今晚的募款活動，希望各界有錢出錢有力出力，一起幫助弱勢。」羅宇峰風度翩翩地如大明星般點頭示意，接著走上紅毯，準備進入會場。

這時，突然有個記者提問：「請問羅總，網路上謠傳遠心集團掌握了全民健保資料庫的內容，可以竊取每個人的個資，用作不良用途，這部分有沒有想要說明的呢……」

顯然是周雪蓉在網路上的文章引起了討論，讓媒體想往下追，只是周雪蓉算是新聞界前輩，雖然具名發表，年輕記者還是只敢用「網路消息」帶過。

羅宇峰邊走邊平靜地說：「網路上很多補風捉影的無稽之談與陰謀論，除非有明確證據，否則不值得回應。遠心集團針對不實報導，一定會採取法律行動。」

「不過這些網路討論甚囂塵上，羅總願不願意多說兩句，對全國民眾破除這些謠言？」

「據我所知，這些謠言都來自單一記者在個人網站自稱的獨家報導，我認為放話者不該躲在電腦螢幕後面，如果妳願意，我很樂意『再次』接受訪問，當面澄清妳對遠心集團的誤會，保戶的隱私是我們最在意的事，如今全民都是遠心集團的保戶，自然也受到遠心集團的保護。」原本只是行進間接受記者斷斷續續地提問，這時羅宇峰在紅地毯停下腳步，轉身面對眼前幾十支麥克風與攝影機，義正嚴辭地回答。強調『再次』，代表他知道放話者是曾訪問過他的周雪蓉，而且他似乎很有把握，周雪蓉不可能現身。

當羅宇峰說完最後這一語雙關的金句，在場記者與來賓一片歡呼叫好。

「羅總，可否介紹一下身邊的這位女士？」

羅宇峰身旁的女伴，也是吸引記者注意的一大重點，不同於其他名媛身穿禮服、盛裝出席。她一身黑色套裝，帥氣又氣質出眾。但面對記者的提問，羅宇峰和身旁的女伴卻都笑而不答，兩人便攜手步入會場。

看著兩人的背影，幾個記者在背後竊竊私語。

「你們知不知道那個女的什麼來歷？居然那麼好命，攀上枝頭變鳳凰了！光是她手上那支百達翡麗手錶，我看少說也要幾百萬。」

「怎麼查都查不到線索，只知道她叫 Kelly，現在是遠心集團總經理特助。」

活動結束後，兩人回到遠心集團總部，羅宇峰對慈善晚會的成果相當滿意，把手中的紅酒一飲而盡，一手把 Kelly 拉到自己身邊。

「今天的活動相當成功，募到多少錢不是重點，但金額高低，可是代表了遠心集團的影響力！」

Kelly 坐在羅宇峰腿上，和先前的冷傲判若兩人，她嬌媚地說：「你回答媒體提問回答得非常得體，就像天生的演說家，沒有人不被你的口才打動。那直接向記者叫陣的氣勢，還有最後那句一語雙關，真的講得很好！不過下次可以再站挺一點，頭再仰高一點，我最欣賞你不可一世的樣子。」

Kelly一直以來都用冷漠武裝自己，其實她內心一直盼望著能有一個男人能真正地接受她，並且愛她、關心她、尊重她。自從那天看到歐陽奇與周雪蓉，她實在無法再承受又一次的失落與背叛感，滿心只希望能尋找一個讓她忘卻痛苦的出口。

在這個時候，她想到了羅宇峰。儘管選擇與他在一起的初衷只是為了尋求感情的慰藉，但近距離相處才發現，羅宇峰的聰明才智與權傾一時，很難不讓她動心，也漸漸對這段感情有了期待。

「這都多虧妳，手法乾淨俐落，記者被妳做掉後，她的網站就再也沒有更新了，那些負面討論熱度也遲早會慢慢消退。趁今天晚會如此成功，又公開澄清，我想遠心集團接下來的發展，不會再有任何阻力。」

「替你除掉擋路的石頭，對我來說只是舉手之勞。」

「跟大美人Kelly在一起不只開心，還很有安全感。」羅宇峰摟著Kelly，兩人乾了一杯。

羅宇峰狂妄的笑聲迴盪在遠心集團總部。此刻的他志得意滿，金錢、事業、女人，全部握在手中！他的前方已經沒有敵人，再也沒有威脅了。

不只如此，他還有著至高無上的權力，掌握每一個人的祕密與隱私，控制著每一個人的醫療生殺大權。

看著眼前的男人，Kelly也笑了，現在她打從心裡佩服羅宇峰，初識時覺得只是不成材的富家子，然而越相處越發現他聰明絕頂，雖然年紀輕輕，卻有這麼大的權力與影響力，羅宇峰的成就，遠非一介小醫師歐陽奇能比得上。

說到興起，羅宇峰的手開始不安分，在Kelly的腿上游移，Kelly也很配合地挪動身體，順手把燈關上。

23

半年前，某個私人網站突然貼出一篇猛烈攻擊遠心集團的文章，雖然沒有提到任何證據，內容卻極盡辛辣，在各大論壇引起討論。

看到報導內容，羅宇峰氣得召集幹部商討對策：「叫公關部門還有其他幾位主管，現在到總部來開緊急會議，討論澄清的新聞稿跟相關法律行動！」

「這有什麼好生氣的？我來幫你處理就好，知道發文的是誰嗎？」Kelly保持著冷靜沉穩，不像羅宇峰那麼激動，她摸摸腰際上的銀槍。這是她多年來當職業殺手的習慣，隨身攜帶武器，警覺四周情況。

「是一個叫周雪蓉的報社記者，之前採訪過我，她上班的地方在忠孝東路，居住地址在八德路臺視附近。」電腦螢幕上顯示周雪蓉的資料，Kelly拿著印出來的照片，仔細端詳——居然是那日與歐陽奇一同步出酒吧的女子！

歐陽奇明明已經和這個女人在一起，卻又騙她要重新開始，想到這裡，頓時新仇舊恨全湧上心頭！

「只是個手無縛雞之力的記者，我即刻出發，不會花太久時間，等我消息。」

既然已經知道目標是誰，自然要一擊必殺，Kelly換回黑色夜行裝，把手上的銀槍上鏜，如鬼魅般消失在黑夜裡。

連著幾篇報導引起不小的迴響，各網路論壇和討論圈都開始發酵，周雪蓉乘勝追擊，下班後在辦公室緊接著又發一篇文章才離開。回到自己的租屋處已經晚上十點多，周雪蓉對被派來保護他的管區員警很不好意思。

「員警大哥辛苦了，我剛從報社回來，幫兩位帶了些小點心，趕緊趁熱吃、墊墊肚子！」

雖然H. O. P. E.已經解散，但成員真實身分外洩甚至遭到攻擊是事實，官方不敢大意，還是派駐員警在陸辰杰、周雪蓉與歐陽奇等人的住家附近加強巡邏。

「謝謝周小姐，您早點休息！」

樓梯間暗處，Kelly穿著黑色緊身衣、頭戴黑色面罩，悄悄等待著她的獵物。

這個任務對她來說再簡單不過了，目標只是毫不起眼的上班族，而且已經對她的行蹤、作息、工作場所和住處都瞭如指掌，看守的巡警與她過往交手過的僱佣兵比起來，根本不堪一擊。

當周雪蓉走出公寓電梯時，Kelly毫不費力地將她制伏，將嘴巴用黑色膠帶封住後，靜靜地凝視周雪蓉，這個她打從心底認定的情敵，任由周雪蓉掙扎卻發不出聲音，就如戲弄老鼠的貓一般。

過了幾分鐘，Kelly躍上窗臺，拿出裝了滅音器的銀槍回頭發射，用的是她最拿手的射擊角度，子彈從左上腹貫穿脾臟造成大量內出血，看著周雪蓉從激烈掙扎到一動也不動，她把所有證據清除，動作如行雲流水般，就像黑夜中的一道流星，輕鬆地離開了現場。

「快十二點了，上樓去看一眼，確定周小姐不會再出門，就簽退下班吧！」起初警方是全天候二十四小時保護周雪蓉，然而好一段時間都風平浪靜後，目前裁撤了大夜班人力，只要午夜前確定周雪蓉平安回家，當日任務就算完成。

兩位員警經過樓梯間時，發現了倒臥在血泊中的周雪蓉，這下非同小可，立即呼叫總部：「請求支援！保護對象遭到殺害！」

沉寂了半年，周雪蓉的個人網站突然再度更新，內容更加辛辣，不只如此，還直接挑明自己是九命怪貓，遠心集團拿她沒辦法。

「記者還活著？子彈貫穿腹部造成的大出血，技術再好的醫師都不可能控制得住啊！」知道周雪蓉沒死，Kelly既詫異又生氣，詫異的是自己的判斷怎麼可能出錯？生氣的是自己居然失手。

「說不定是有人借屍還魂，用她的帳號發文而已。」不同於Kelly的氣急敗壞，羅宇峰倒是氣定神閒。

「我要去查個清楚！」

「倒也不用，就算她命大沒死，想必也元氣大傷，妳那槍至少讓她閉嘴了半年。每個人都有弱點，我自有方法對付她，接下來看我的。」

羅宇峰將使用健保資料庫的方法視為最高機密，光是密碼就長達十二位數，還要經過指紋與虹膜兩組生物辨識，也就是說，全世界只有他才進得去這個掌握了全臺灣人祕密的寶庫。

但這次，他想向Kelly展現一下自己如何不戰而屈人之兵的絕招。

電腦螢幕顯示出周雪蓉的病歷資料：半年前因腹部穿刺傷造成脾臟破裂與大量出血，在臺北市某家中型醫院接受了脾臟切除手術，院方向全民健保申請手術費、藥費與病房費近一百萬元，並且幫她辦理了可以減免部分負擔的「重大傷病卡」。

「看來她的確身受重傷，除了手術費，還有許多強效止血紗布、藥物使用，加護病房住院費也很高。」羅宇峰不懂醫療，但任何一個對數字報表有概念的人都可以知道，為了搶救周雪蓉，耗費了許多醫療資源。

「住院一個月才出院……」

「出院一星期後到外科門診，當時申報了一筆『傷口照護』費用。這也很合理，在門診給醫師檢查一下傷口癒合狀況……」再繼續看下去，羅宇峰卻「咦」了一聲，「又過了一週，卻去看了『血液腫瘤科』門診，又申請了第二張『重大傷病卡』，這是怎麼一回事？」

他找出周雪蓉的病理切片報告，上面寫著化驗檢體是脾臟，診斷是淋巴癌。

「原來如此……脾臟被子彈貫穿大流血，因而需要切除，結果病理報告竟意外化驗出上頭有淋巴癌細胞，難怪被轉診到血液腫瘤科，然後再開一張惡性腫瘤的重大傷病卡。」

羅宇峰搜尋淋巴癌相關資訊，顯示淋巴癌常在脾臟上被診斷，標準治療是打滿六到八次化療，再輔以高單價的標靶治療。果然接下來的幾個月，醫院替周雪蓉申請了數十萬元的化療藥費，目前療程還沒結束。

「就是這個了！她以為她很聰明，可是絕對沒有我聰明，看我怎麼斷她生路！」說著，羅宇峰用手上的可樂吞下兩顆口袋中的紅色藥丸。

24

半年前的某天，外科病房區走廊盡頭的單人病房外，有好幾位警察戒備。一大早，陸辰杰、方璇和孫嘉哲紛紛來到了這間單人病房。

「今天是術後第四天，照說應該要下床了。」

「你現在是用親友身分來看我，還是專業醫師的身分來巡房？」聽到陸辰杰的聲音，周雪蓉很開心地打起精神坐起來，結果他不但沒有關心自己，還像醫師一樣，一進病房就下醫囑，忍不住嘟起嘴抱怨。

「妳不要理他，他這是職業病發作，還是聽妳的主治醫師怎麼說吧！」方璇笑著打圓場，把手上的鮮花插進床頭的花瓶裡。

「說到主治醫師，歐陽呢？怎麼早上九點多還沒來巡房，該打屁股了吧！」陸辰杰環顧四周，又忍不住想要把傷口上的紗布拆開來檢查，看看是否有術後出血或感染，只是剛要動作，就被方璇眼神制止。

「呃……誰叫我？」病房角落有張行軍床，有個聲音從一團手術使用的布單中發出，歐陽奇睡眼惺忪地爬出來。

正好有一位護理師走進病房替周雪蓉更換點滴，她指著歐陽奇說：「自從周小姐手術後，歐陽醫師一步也不敢離開，簡直把病房當作值班室，有任何風吹草動就立刻跳起來處理。」

「真是辛苦你了，可惜我們不在醫院上班，礙於法規，想幫你照顧雪蓉也沒辦法。」孫嘉哲說的是醫療法規定，他雖然是重症加護專家，但這裡畢竟不是H.O.P.E.中心，非該機構人員就不能執行醫療業務。

「不過手術前，我還是有請教陸醫師意見，這類重大外傷我的經驗不夠多。」說著，歐陽奇看向周雪蓉，「更何況病人是妳。」

「聽起來是個精采的故事，歐陽，說來聽聽。」孫嘉哲要歐陽奇還原那天的事發經過。

「那天正好是我值班，剛完成一臺手術就接到急診通知，送來一位年輕女性、腹部槍傷，沒想到竟然是妳……」歐陽奇生動的描述，「從彈孔位置來看，我判斷可能是脾臟破裂，所以馬上安排緊急開腹手術，也是我親自把妳推上二樓手術室，急救過程中我還一直大喊：『撐住！撐住啊！』」

歐陽奇的語調，讓在場每個人都感受到當時的緊急。周雪蓉卻一臉毫無印象的無辜貌。

「我已經完全失去意識，最後的記憶停留在我要掏鑰匙開門，其他什麼都不記得了。」

「當我做出手術的決定時，打電話詢問陸醫師意見，幸虧打了這通電話，否則治療方向恐怕天差地遠，而且有前輩加持，就像吃了顆定心丸。」歐陽奇吐了吐舌頭。雖然自己也是外科醫師，但在關鍵時刻，仍感受到自己與眼前這位已是傳奇人物的陸辰杰差上好大一截。想起當時的緊急，讓歐陽奇對陸辰杰更加崇拜與尊敬了。

「你居然向陸醫師求救？怎麼沒跟我說！」周雪蓉假裝生氣地搥了歐陽奇一拳，歐陽奇故意用誇張的表情疼得彎下腰來，逗得大夥哈哈大笑。

「好了，故事說完了，難得人都到齊了，那我們來談談正事吧！」雖然身受重傷，周雪蓉的個性還是沒變，原本大家不想打擾她休息，不過既然她主動提起，大夥便拉了椅子坐下來。

「雖然目前還沒有證據，不過敢這麼囂張的，大概只有遠心集團吧！先是攻擊Dr. S，接著毀掉H.O.P.E.，現在連Ms. S也不放過！」Dr. C換了張新的電動輪椅，他一邊說，一邊氣憤地駕著輪椅在病房裡繞圈。

「羅局長昨天有來看我，他的懷疑跟我們一樣，而且DARK軍團還有一個殺手Kelly逍遙法外，很像她的犯案手法。」

「是不是要請羅局長把醫院的維安等級再提高？」Dr. J憂心忡忡地說。

「大家放心吧！我可是身經百戰，沒有任何事能打倒我，越是想對付我，我越要一直寫！」Ms. S試著伸手去搆擺在床頭的筆電，結果拉扯到傷口，痛得皺起眉頭。

「還好嗎？要不要打一支止痛針？」Dr. Q緊張地衝過來扶她，眾人看了都發出會心一笑，這恐怕不是單純的醫師關心病人而已……

請假了半年，周雪蓉總算回到報社上班。一進辦公室就看到桌上擺著一個牛皮紙袋，裡頭裝著她這段時間所有的病歷資料，包括手術紀錄、脾臟病理報告與後續給藥紀錄等，文件最後一頁是張印著幾句話的A4紙：「為了您的前途與生命著想，請周小姐知所進退，就此打住，不要再寫不利遠心集團的報導，否則您得癌症的事情會傳遍報社，不利未來的升遷。您當然可以大肆張揚，如果周小姐希望自己治療淋巴癌的藥物被全面凍結的話……」

仔細讀完這份文件，等於直接證實了攻擊自己的人，就是遠心派來的殺手，周雪蓉也很清楚自己的病情為什麼會被掌握，這正是羅宇峰對付敵人的絕招。

她望向窗外，摸摸身上的傷疤，打了通電話後就匆匆出門。

當天下午，內湖科學園區的遠心集團總部一樓拉起了封鎖線，新聞臺的SNG車與大批記者守在外頭，各家媒體都在等待最新消息，稍早還有好幾輛警車長趨直入，由檢察總長親自帶隊，大批檢警持搜索票衝入了遠心集團總部頂樓。

正在與員工開會的羅宇峰，見到警方如此大陣仗闖進來，先是吃了一驚，隨即勃然大怒：「你們這是在幹什麼？」

「羅宇峰先生，我們現在懷疑你與幾宗商業犯罪和殺人案件有關，想請你跟我們回去協助調查。」檢察官拿出搜索票，當著所有員工的面，指示身旁兩個刑警銬上羅宇峰，其他人則將他辦公室的文件與電腦一一查扣。

擔心羅宇峰面子掛不住，盛怒之下失言，一旁的遠心集團法務室主任趕緊上前安撫：「羅總，檢方完全照程序走，應該是有備而來，我陪您一起去作筆錄，現在什麼都先別說。」

原本情緒暫時被壓下的羅宇峰走出一樓大廳，見到幾十個記者拿著攝影機或照相機對著他，鎂光燈還閃個不停，向來是媒體寵兒的他，現在被上銬的樣子全被捕捉了下來，還是忍不住脾氣，大聲質問檢警：「你們憑什麼？」

「就憑這個！」記者群中有一個女子擠到最前頭。

周雪蓉拿出在報社收到的文件，當著所有媒體公布：「羅宇峰先生透過健保資料庫窺探全民隱私，再利用裡頭的機密來打擊異己、威脅對手，這些就是遠心集團用非法方式取得的資料！我就是受害者，也是第一人證！」

她一頁頁翻開自己的病歷，包括半年前接受脾臟切除手術的經過，脾臟的病理報告結果，後續申請淋巴癌化療藥物的表單等。

「周小姐，我建議妳想清楚再講話，跟我作對的後果，妳恐怕承受不起。」羅宇峰很快冷靜下來，惡狠狠地瞪著周雪蓉，他心裡想的是立即凍結周雪蓉的抗癌藥物申請。

「我不怕你的威脅，因為，我的脾臟五年前就摘除了。」

周雪蓉在大庭廣眾下掀起了上衣，露出肚皮上一條淡淡的手術刀疤，這絕不可能是短時間內癒合的樣子。一時之間，鎂光燈此起彼落。

周雪蓉受傷當日，歐陽奇原本決定立即執行剖腹探查手術，從彈孔位置判斷，很可能造成脾臟破裂與內出血。然而陸辰杰在電話中告訴他，五年前周雪蓉因為余小曼安排的車禍造成第五級撕裂傷，當時為了止血，在H.O.P.E.中心摘除了脾臟，因此左上腹已經沒有重要器官或大血管。果然電腦斷層檢查後，發現子彈雖然貫穿腹部，但沒有明顯出血的證據，只需要簡單的清創手術，周雪蓉的昏迷可能是掙扎過度與口鼻被封住的緣故。

自己雖然命大不死，但遠心集團一定不會善罷干休。於是H. O. P. E.成員聚集在周雪蓉的病房那天，便研擬了對策。料想羅宇峰勢必會利用健保資料庫的內容做為威脅，他們便將計就計，布了個局。

周雪蓉佯稱休息半年，並由Dr. C讓Dr. F駭入醫院系統，覆寫了周雪蓉的病歷，幫她「製造」出完整的脾臟切除手術紀錄、脾臟病理報告、血液腫瘤科就醫紀錄與抗癌藥物給付申請單，令羅宇峰以為她真的得了癌症，急需化療藥物。當羅宇峰拿著Dr. F創造的病歷如獲至寶時，卻早已步入H. O. P. E.成員的圈套之中。

羅宇峰被檢警帶上警車前，經過周雪蓉身邊，她小小聲在羅宇峰身邊說：「我知道你有吃聰明藥，不過還是沒比我聰明。」

25

「蕭磊呢？這傢伙去哪了？」遠心集團的總經理辦公室傳來一陣大吼，接著就是東西摔落地面的聲音，員工躲在門外竊竊私語，但沒人敢去敲門。

雖然聲請羈押遭到法院駁回，讓羅宇峰得以交保候傳，但檢方在查扣的證物中確認了只有羅宇峰具有進入資料庫、擷取內容的權限，也間接證實各項犯罪事實。當周雪蓉的新聞一出，許多先前受到遠心集團威脅的受害者也陸續出面作證，在幾乎確定起訴的情況下，警方對他二十四小時跟監，防止進一步行動。

這段時間羅宇峰每天雖然照常上班，內部職員卻發現他有明顯的改變，不但判斷不再精準，而且脾氣越來越暴躁。過去每次分區經理將損益報表呈給他時，總是戰戰兢兢在一旁罰站，因為他永遠能在幾分鐘內抓出需要改善的地方，然而最近幾個分區經理都注意到，總座只是隨便翻個幾頁就看不下去，然後就敷衍地說可以，甚至連明顯的錯誤也沒看出來。隨著日子一天天過去，情況越來越明顯，昨天打掃辦公室的阿姨只是不小心把他桌上的文件碰到地上，他就氣得掐住了阿姨的脖子，得靠警衛大哥衝進來把他拉開。

「把蕭磊給我找出來！」又是一聲大吼，羅宇峰激動地把辦公桌所有抽屜都打開，將裡頭東西全倒在地上。

Kelly見他快要失控，連忙出聲安撫：「冷靜點，我有一些道上的朋友，會再去查的。」

羅宇峰的表情突然從暴怒變成哭喪著臉，語氣焦急地說：「來不及了啦！今天就要滿三十天了……嗚……」接著又瞬間狂笑三聲，「不過……哈！哈！哈！我羅宇峰天不怕地不怕！」

Kelly看到他的情緒反應劇烈，只能搖搖頭，雖然不知道為什麼，但她有預感，這是發瘋前兆。

忽然，羅宇峰又趴在地上，似乎在從翻倒的東西中尋找什麼，「有了！有了！太好了！」羅宇峰在滿地雜物中找到一個圓形藥罐，滿心歡喜地打開，卻發現裡面是空的，他又是一陣大吼，把空的藥罐用力擲向落地窗。
「你到底在找什麼？」
「妳不懂，一切都完了啦！」
Kelly完全無法相信自己的眼睛，曾經桀傲不馴的峰少、不可一世的羅總，現在居然跟個孩子一樣嚎啕大哭。
「別哭，別哭！」Kelly把羅宇峰拉進懷裡安慰道。
雙眼布滿血絲的羅宇峰突然抬起頭，兇狠的看著Kelly，目光之凌厲，即使是曾接觸過各種惡人的Kelly都不寒而慄。羅宇峰與Kelly四目相接幾秒後，突然伸手拔出Kelly掛在背後的戰鬥刺刀，狠狠往自己胸口刺去。
一瞬間鮮血狂噴，Kelly用力壓住傷口，把辦公室的門打開，呼喚其他員工進來幫忙，並趕緊通報救難單位。
「傷患左胸穿刺傷，持續出血中，生命徵象微弱。」救護人員抵達現場，先向後送機構回報狀況。
「心跳停止，開始CPR！」救護車還沒發動，狀況就出現變化，兩個救護人員手忙腳亂地開始ＣＰＲ，在場其他人都沒有醫療背景，只能乾著急。

眼看鮮血直流，羅宇峰卻對急救一點反應也沒有，救護人員無助地大喊：「快尋求支援！」

「我們接手！」

就在眾人束手無策時，突然一輛貨櫃車開到遠心集團門口，下來兩個藍衣人，在所有人驚異的目光下把羅宇峰接上車。

駕駛用飛快的速度前進，後方貨櫃的急救仍持續著。

「只剩最後一招了，來做『開胸心肺復甦與主動脈控制手術』吧！」

「好！」

說話的是兩個蒙面男子，一個左手臂章寫著「Ｊ」，另一個則寫著「Ｑ」。

尾聲

桃園機場的出境大廳，航空公司人員向櫃檯前的一男一女解釋目前狀況：「葉門這幾天持續遭到空襲，所有航班都被取消，建議兩位先飛往杜拜，等狀況穩定一點再安排轉機。」

歐陽奇和身邊的周雪蓉對看一眼，無奈地聳聳肩：「也只能這樣了。」

對於兩人的遠行，前來送機的方璇一臉擔憂。

「聽說葉門的內戰很混亂，出門在外，你們要萬事小心。」方璇握住周雪蓉的手，「讓歐陽好好照顧妳。」

「方姊，妳想太多囉！他是去當無國界醫生，我去當戰地記者，到底是誰照顧誰還不知道呢！」周雪蓉很有自信地笑著說。

回頭揮別陸辰杰和方璇，兩人踏上另一段未知的旅程。

「放開我！信不信我把這裡拆了?!」

市立療養院裡，一個情緒激動的男子被醫護人員壓制在病床上五花大綁。

「Midazolam再給5毫升。」醫師囑咐再追加一劑鎮定劑後，病人漸漸安靜下來，不再掙扎。

「核磁共振顯示他的腦部在短時間內被過度使用，腦細胞大量代謝，目前找不出理由解釋這個現象，自殘原因也不明。」

「密切注意後續變化，必要時進行腦組織切片化驗，另外，也幫我回覆地檢署，羅姓病患目前狀態不適合出庭。」

狀況解除，兩個醫師一邊步出病房，一邊討論著他的病情。遠方一棟大樓樓頂，有個黑衣女子用高倍望遠鏡監視著這一切。

「最後廣播，ＢＲ５６飛往芝加哥的班機，艙門即將關閉，尚未登機的旅客請盡快登機。」

桃園機場第二航廈，一個矮小的男子拉著行李箱，在最後一刻趕到登機門。

「嘿嘿嘿～不好意思來晚了。」

「歡迎登機，蕭先生。請問要先用點香檳嗎？」座艙長親切地向每位皇璽桂冠艙的乘客打招呼。

「給我一杯水就行了。」

在將手機切換為飛航模式前，男子看了自己的通訊紀錄，有同一個號碼打了超過一百通電話給他。男子不疾不徐地把ＳＩＭ卡拔出折斷後，換上全新的美國電信ＳＩＭ卡。此時，空姐正好端來了一杯水，他從口袋拿出兩顆紅色藥丸。

ξ

「S.H.I.N.E.９９９」

遠心事件落幕兩年後的某天，陸辰杰、方璇夫婦與甫從海外歸國的歐陽奇、周雪蓉不約而同接到簡訊，訊息格式和過去的希望計畫任務召集一樣。

眾人半信半疑地趕到信義威秀影城，一樣從九號影廳的密道進入臺北市政府，映入眼簾的是全新打造的反恐戰術醫院，設備更勝當年，所有的藍衣人都已經準備就緒，等他們四個歸隊。

「Dr. J、Dr. S、Dr. Q、Ms. S，歡迎回家！」Dr. F溫柔的聲音傳來。

在眾人的歡聲雷動中，Dr. C駕著他的電動輪椅出來迎接，「浴火才能重生，我在此正式宣布，希望計畫重新啟動，藍衣部隊再度發光，我們不只是H. O. P. E.，更是S. H. I. N. E.，Secret Hospital In New Era，新世代的祕密醫院！」

「無論我們是誰，無論我們身處何地。」

「都要帶給人們希望與光明！」

作者的話

一起進入H.O.P.E.宇宙！

在二〇二二年出版《H.O.P.E.沉默的希望》之時，我完全沒有想過會有《H.O.P.E.2光明再現》的出版，更沒有想過自己能打造出一個H.O.P.E.宇宙。

創作的點子常是一瞬間的靈光乍現，當年看完某部超級英雄電影後，突然有個衝動，想嘗試長篇小說的創作，因此我在筆記裡寫下了這個故事最原始的創作發想：不同於傳統印象中的超級英雄，以飛天遁地的方式除暴安良，而是一群將救死扶傷當作首要任務的醫療精英，這樣的故事主角似乎會很有趣。

然而我卻低估了長篇故事創作的難度，也高估了自己的寫作技巧。因著過去幾本散文作品，我自認不是新人作家，甚至對自己的寫作技巧充滿信心，然而當真正投入小說創作後，才發現不是那麼一回事。

過去的寫作經驗，多是基於事實的短篇故事，因此不用太多的劇情轉折，只需要忠實描述事件的來龍去脈，以及身在其中的情緒感受，或許是感動、或許是憤怒、或許是無奈。長篇故事的創作則完全不同，作者必須在數萬字的故事中緊扣主軸，否則很容易在創作過程中偏離原本設定的主題，又要安排一些支線，來讓整個故事有更多趣味，進而使讀者產生繼續閱讀的興趣，不致失去耐心。

故事的時空背景設定也是一大挑戰，我在創作的開頭時並沒想太多，只是根據自己天馬行空的點子就開始寫，但進入寫作過程後，才發現若鋪陳稍不留心，就會陷入邏輯與設定的矛盾、甚至錯亂，因此寫了又改、改了又寫、為了後面修改前面、改了前面後頭又得修正……

正當我以為總算創造了一個精采且鋪陳合理的故事後，我發現了另一個自己寫作上的弱點，也是在《H.O.P.E.》第一集和第二集的創作過程中，自我成長與補強最多的部分，也就是人物的形塑。

過往我寫的散文，主角都是傅醫師，因此不需要刻意描述我的外貌、穿著、個性，然而在小說創作中，每一個角色必須有他獨特的樣貌與個性，甚至說話的語氣，都可能因為故事中的社經背景有所不同。作者必須透過文字，讓讀者認識這些角色的外在形象與內在性格，在反覆審稿以及與編輯群討論後，才把欠缺的這塊補齊。

讀者們看到這裡，想必已經讀過了《H.O.P.E.》的第一集與第二集，歡迎各位進入H.O.P.E.宇宙！請跟我一起期待Dr.J躍上銀幕，我會繼續努力，與讀者一起攜手走向H.O.P.E.宇宙的最終章。

H.O.P.E. 2 光明再現／傅志遠 著. -- 初版. – 臺北市 : 時報文化，2024.01；224面；14.8 ╳ 21 公分. --（Story；069）

ISBN 978-626-374-648-0（平裝）

863.57 112019467

ISBN 978-626-374-648-0

Printed in Taiwan.

Story 069

H.O.P.E. 2 光明再現

作者 傅志遠｜**主編** 尹蘊雯｜ **執行企畫** 吳美瑤｜**封面設計** 倪旻鋒｜**副總編** 邱憶伶｜**董事長** 趙政岷｜**出版者** 時報文化出版企業股份有限公司 108019 臺北市和平西路三段240 號 3 樓 發行專線—（02）2306-6842 讀者服務專線—0800-231-705．（02）2304-7103 讀者服務傳真—（02）2304-6858 郵撥—19344724 時報文化出版公司 信箱—10899臺北華江橋郵局第 99 信箱 時報悅讀網—www.readingtimes.com.tw 電子郵件信箱—newlife@readingtimes.com.tw 時報出版愛讀者—www.facebook.com/readingtimes.2 ｜ **法律顧問** 理律法律事務所 陳長文律師、李念祖律師 ｜**印刷** 紘億印刷有限公司 ｜ **初版一刷** 2024年 1 月19 日 ｜ **定價** 新臺幣 320元 ｜（缺頁或破損的書，請寄回更換）

時報文化出版公司成立於 1975 年，1999 年股票上櫃公開發行，2008 年脫離中時集團非屬旺中，以「尊重智慧與創意的文化事業」為信念。